ログアウトしたのは
VRMMOじゃなく
本物の
異世界でした
2
～現実に戻っても
ステータスが壊れている件～
The Real Otherworld
I logged out from there,not a VRMMO.
とーわ
イラスト/KeG

Contents

サツキ

所属 アストラルボーダーのプレイヤー

職業 初心者《ノービス》

アストラルボーダー内の「倒せないボス」ラットエンペラーに襲われていた少女。レイトたちに助けられ、フレンド登録をすることになった。

リュシオン

所属 アストラルボーダー　サブGM104番

職業 弓使い《アーチャー》

アストラルボーダーのサブGMの一人で、大学生をしながら空いた時間にバイトでGMをしている女性。玲人たちが「リンクブースト」などの隠し技を発動したために、聞き取りをしようと接触してくる。

「――やぁあああ

せたら逃げろっ!」
《レイトが強化魔法スキル
『エンチャントルーン』を発動
付与魔法『フレイムルーン』
遠隔発動

伊那美由岐《いなみゆき》

所属　風峰学園高等部討伐科　一年A組

職業　棒術士《スマッシャー》

雪理に憧れつつも、対抗意識を見せる女子生徒。二人の班員を率いる優秀なリーダーだが、想定外の事態が起こると動揺してしまうところがあり、精神面に弱さがある。玲人に助けられてからは、彼に一目置くようになる。

綾瀬柚夏《あやせゆずか》

所属　朱鷺崎市駐屯討伐隊　第二部隊隊長

職業　砲撃士《シューター》

玲人たちが暮らす街・朱鷺崎市を防衛している討伐隊に所属する女性。風峰学園高等部討伐科の卒業生で、非常勤講師で玲人の担当でもある「灰島透」の同期。属性適性は無属性。ライフルのバレットを交換することで属性弾を撃つことができる。

ウィステリア・藤崎

所属 愁麗山学園高等部討伐科　二年A組

職業 法術士《ソーサラー》

『名称不明のデーモン』に身体を乗っ取られていた少女。玲人がデーモンを封印したために解放され、折倉グループ系列の「倉屋敷病院」に入院している。名門校「愁麗山学園」の生徒で、討伐科に所属していたが、任務中にデーモンに意識を乗っ取られ、その後のことはほとんど記憶から失われている。

木瀬《きせ》忍《しのぶ》

所属 風峰学園高等部討伐科　二年A組

職業 突撃兵《アサルトガンナー》

伊那班の班員で、アサルトライフルを使うガンナー。唐沢とは銃を使う職業同士で競う関係にあるが、唐沢の方が現状では実力は上。寡黙そうに見える武人タイプだが、認めた相手には胸襟を開いて話す。

「エア、攻撃をヒットさ
!」

ダッシュエックス文庫

ログアウトしたのはVRMMOじゃなく本物の異世界でした2
～現実に戻ってもステータスが壊れている件～

とーわ

プロローグ

――風峰《かざみね》学園高等部方面　朱鷺崎《ときさき》駐屯地《ちゅうとんち》所属討伐隊《とうばつたい》　第二部隊指揮車

風峰学園周辺に発生した現出門から現れた魔物たちは、駆けつけた討伐隊と一部の生徒たちによって撃退され、特異現出は鎮静化しつつあった。

討伐隊の指揮系統の要《かなめ》である指揮車に、一人の強化服姿の女性隊員が入ってくる。彼女はヘルメットを脱ぐと、三人のオペレーターに向けて声を張った。

「全隊撤収《てっしゅう》、市街地に急行する！　Cランク以上の現出において討伐参加できる要員を選抜し、搭乗《とうじょう》指示を……」

「あ、綾瀬《あやせ》隊長、それが……市街地方面に発生していた現出門が……」

「っ……何があった？」

「特異領域の、消失を確認。現出門は閉じていて、ランク不明の主要個体の討伐報告が……」

綾瀬と呼ばれた女性隊員は、オペレーターが凝視している画面を横から覗《のぞ》き込む。

《朱鷺崎市　東一区《ひがしいっく》　現出門封鎖を確認》
《主要個体　名称不明のデーモン　暫定《ざんてい》ランクB　討伐確認》
《討伐者：神崎玲人《かんざきれいと》　随行者《ずいこうしゃ》二名》

Bランクという表記を確認して、綾瀬の目が見開き、それが討伐されたという部分を確認したところで震えるような息をつく。

「この、神崎玲人という人物は……民間の討伐者《バスター》でしょうか」

綾瀬はキーボードを叩いて『神崎玲人』という人物の情報を呼び出す――それを見たところで、綾瀬は堪《た》えかねたように胸《おも》に手を当てた。

緊張した面持《おもも》ちの女性オペレーターの肩に手を置くと、綾瀬はその耳元に小さな声で囁《ささや》く。

「……この件については、私の胸に留め置く」

「……東一区への急行は、いかがなさいますか？」

「その必要はなくなったと考えていいのか……緊急性がなくなった以上、この場に留まって学園付近の安全確保に努めるべきだろう」

「では、全隊員にそのように伝えます」

オペレーターたちが動き出す。綾瀬は状況を確認し、急行すべき事態が生じていないことを確認してから指揮車を降りた。

「神崎……玲人……」

「そっちでも把握《はあく》したみたいだね。まあ、あれだけ目立つと仕方がないか」

「……お前か。学園の教官になっても、腕は落ちていなかったな」

戦闘があったばかりのこの場にはそぐわない、スーツ姿の灰色髪の男性は、綾瀬が差し出した拳に自分の拳をぶつけ、柔和《にゅうわ》に微笑《ほほえ》んだ。

「非常勤講師であって、ちゃんとした教官ではないけどね。ここに来て良かったと思うよ」

「そうか。しかし、良からぬことを企《たくら》んでいるのではないか？」

「どうしてそう思うんだい？」

「楽しそうな顔をしている。私を驚かせようとしているような、そんな顔だ」

灰島《はいしま》は否定せず、視線を市街地の方向に向ける。

「今回の、同時多発的な特異現出……ほぼ一斉現出といっていい規模だけど、いくつかの地点で強力な主要個体が出現した。主要個体でなくても、戦術兵器を必要とするCランク以上の魔物が現れていたほどだ。だが、致命的な被害は免れている」

「……そちらで手を回したのか？　A級討伐者のお前の呼びかけになら、応じる者も……」

「そんなことはしていないよ。意外に思うかもしれないけど、真面目《まじめ》に教官をしてるつもりだからね」

「今のところは、だろう」

灰島は否定することなく、スマートフォン型の端末を操作して、綾瀬に画面を見せる。

「彼が帰ってくる。僕の教え子……というには、彼は現時点でも完成されすぎているけど。彼と話したいなら、紹介させてもらうよ」

綾瀬はすぐに答えない。真意を測るように灰島の顔を見つめたあとで、目を閉じて息をつく。

「いいのか？　私に会わせても。討伐隊の人材は、常に不足しているぞ」

「彼を縛ることはできないよ。神崎玲人君……彼にはまだ、この学園にいてほしいというのが正直なところだけど。能力を持つ者は、相応の評価を受けるべきだ」

「……誰かに評価されることを嫌った人間が、よく言う」

「君が討伐隊にいるから、僕は外で好きにしていられる。そういうやり方は、今も気に入らないかな」

「説教するようなまねをするつもりはない。情報提供には感謝する」

綾瀬は自分の腕につけたコネクターで灰島からのデータを受け取り、表示された人物――玲人の顔を見る。

「……この少年が、今回の特異現出鎮圧の立役者ということか」

厳格な表情を崩さなかった綾瀬が、穏やかな目をしている。それを見ていた灰島は、こちらに帰還してくるだろう少年に向けて、小さく呟《つぶや》いた。

「君はいつも期待を超えてくれる……今後もますます楽しみになりそうだ」

第一章

1　帰還

朱鷺崎市《ときさきし》でも有数の規模を誇る総合病院、倉屋敷《くらやしき》病院――雪理《せつり》の親族が経営しているという
その病院にウィステリアは入院することになった。坂下《さかした》さんと唐沢《からさわ》は戦闘中の負傷のために病
院で治療を受け、俺は雪理と一緒に車で学園に向かった。
「このあたりでも現出が起きたのね……」
雪理は後部座席の車窓《しやそう》から街を眺めながら、被害の大きさを憂《うれ》いている。街路樹が燃えた痕
跡があったり、地面に亀裂が入っていたり――すでに修復は始まっているようだが、これほど
広い範囲の被害だと、街が元の姿に戻るためにはしばらくかかるだろう。
討伐隊《とうばつたい》の姿も目にするが、やはり負傷者が出ているようだ。民間人の被害があったのかは分
からないが、救急車、消防車とも何度かすれ違った。
「……魔物の現出は、災害と同じくらいの被害をもたらす。こんなことが日常的に、日本中で
起きてるのか？」

「これほどの規模のものは、そうそう起こらないわ。一年くらい前に一度あったけれど、その時は朱鷺崎市だけでなく、県本営から精鋭が派遣されて、被害を抑えることができた。あれから朱鷺崎 駐屯《ちゅうとん》基地の戦力は、増強されている」

「それでも人が足りないっていうのか……」

「今回、市内で確認された現出門は八箇所《かしょ》ある。玲人《れいと》は風峰《かざみね》中学校にいると言っていたけれど、そこにも討伐隊は派遣されていたはずよ」

「……途中で、飛竜……ランスワイバーンって魔物と戦った。現出門に向かう途中で、討伐隊が足止めされることもあるんだろうな。一部は到着していたけど、現出門に戦力を集結したみたいで、学園内には手が回ってなかった」

「魔物は主要個体を討伐されないように、連携して行動することもあるの。あの悪魔のように、策略を使う魔物もいる……配下に討伐隊を妨害するように命じることも考えられるわ」

話しているうちに、風峰学園高等部に続くなだらかな長い坂が見えてくる。警報が出ていた通りに戦闘の痕跡はあるが、それほど被害は大きくないようだ。

討伐隊のものだろう車両が交通規制を敷いていて、俺たちの乗った車も止められる。しかし学園の関係者と分かると通してもらえた。

「あれは……討伐科の生徒も、防衛に参加してたのか」

「一部の生徒は、あなたと同じように討伐参加資格を持っているわ。強制はされないけれど、警報発令時には戦闘に参加することができる。討伐隊の指揮下には置かれるけれど」

「学生でいながら、一時的に軍属になる……ってことなのかな」

「そうなるわね。学生でも討伐記録は残っているから、表彰されたりすることもあるわ……玲人は間違いなくそうなるでしょうね」

「今回のことを討伐隊が知ったら、悪魔に憑《つ》かれてた彼女……ウィステリアはどうなるだろうな。俺としては、危険がないと確認できたら、元の生活に戻してあげてほしいんだけど」

懸念《けねん》していたことを口にすると、雪理は俺を見つめてくる。そんな場合じゃないと知りながら、それでも照れてしまうような優しい表情で。

「あなたもそう言うと思ったから、私の家の病院に連れていったの。悪魔に憑依《ひょうい》されていたなんて討伐隊が知ったら、研究機関に送られてしまうかもしれないし」

「っ……そういうこともあるのか……」

「私たちは魔物に突如として侵攻されるばかりで、敵の情報を得られていない。この国だけでなく、世界を挙げて魔物の情報が求められているの。現出門についても仮説は幾つも出ているけれど、どれも核心に至っていないわ」

「……そうだよな。わけも分からずに、攻められ続けるわけには……」

そう言いかけたところで、何気なく座席の上に置いていた右手に、手を添えられる。

それができるのは、隣に座っている雪理だけ——車のルームミラーで映ってしまわないかとか、そんな小さなことを気にする俺に構わず、雪理が俺の右手を握る。

その手の感触は柔らかく、温かかった。心なしかしっとりとしているのは、雪理が緊張していることの表れだろうか。

「あなたがいなかったら、私たちの班は無事ではいられなかった。遠い場所にいたのに、駆けつけてくれてありがとう」

「……雪理とバディを組んでなかったら、俺はあのビルに向かえなかった。雪理があの時待っててくれたから、助けに行くことができたんだ」

オークロードと戦った時に、通りがかって助けに入っただけ。雪理との接点は、それで終わる可能性もあった。

そうならなかったから、今こうしている。それは全て、雪理がきっかけをくれたからだ。

「それなら私は……あの時、放課後に玲人を待っていて良かったのね」

「ああ、そう思うよ。それに、雪理は俺が来るまで持ちこたえてたし……最後の決め手を使うときにも、力を貸してくれた」

「……私たち、バディとして……その、相性がいいと思う？」

「えっ……ま、まあそれはその……いいんじゃないかと……」

「……それは、どっちなの？　はっきり言って」

手を握ったままでいることも意識してないのか、それともそれで大胆《だいたん》になっているのか、雪理は俺を逃さないというように見てくる――顔が真っ赤なことに、自分で気づいてはいないのだろうか。

「……コホン。お嬢様、構内の駐車場に到着いたしました」

「っ……あ、ありがとう。ここで待っていてくれる？」

「かしこまりました」

自動でドアが開き、車を降りる。見送りのために降りてきた運転手さんは、少し影のある印象を受ける長身の女性だった。

雪理が先に行ったあと、俺も運転手さんに会釈《えしゃく》をしてその後に続こうとする。

「……お嬢様のこと、これからもよろしくお願いいたします」

「はい、こちらこそ……すみません、申し遅れましたが、俺は神崎《かんざき》と言います」

「お嬢様と坂下から聞いております。私は角南《すなみ》と申します」

「角南さんですね。今日はお世話になりました」

角南さんはスーツのポケットから名刺を出すと、俺に一枚渡してくれる。角南静《しずか》、肩書きは折倉《おりくら》家付き運転手となっている。

「では……そろそろ、お嬢様もお待ちですので。行ってらっしゃいませ」

「は、はい、行ってきます」

俺は敬《うやま》われる立場でもなんでもないので、年上の女性に敬語を使われると恐縮してしまう。少し先に行って俺を待っていた雪理は、そんな俺を見て笑っていた。

「そんなに緊張しなくていいのに。戦っている時はあんなに勇ましいのにね」

「いや……なんというか、年上の女性には弱いというか。普段接することが少ないし」

「あなたは謙虚すぎるだけよ。その力に見合うように、もう少し堂々としてもいいと思うわ」

「確かに、それは雪理の言う通りかもしれない。善処するよ」

何気ない会話だが、雪理はまだ何か言いたいというように俺を見ている――無言よりはいいと思うが、緊急警報があった後だというのに、緊張感が足りないと思われたりはしないだろうか。

「玲人さんっ」

不意に名前を呼ばれる。校舎の昇降口のあたりにいたのは、黒栖《くろす》さん――彼女はこちらに走ってきて、目を涙で潤ませながら、俺に飛びついてくる。

「っ……く、黒栖さん。俺も、雪理も無事だよ」

「良かった……本当に良かったです。玲人さんに連絡しようとして、でもコネクターが繋《つな》がらなくて……」

「ごめん、心配かけて。学園にも警報が出てたけど、黒栖さんたちも無事で良かった」

「討伐科の上級生の人たちと、討伐隊の人たちで、魔物が入ってこないように防いでくれたんです。私たちは教室に待機していて……もう少し警報が長く続いたら、シェルターに移動するところでした」

「そうだったのか。俺は……学園の外に出てたっていうのは、もう皆にばれてるかな」

「は、はい。でも、武蔵野《むさしの》先生が点呼《てんこ》を取っているときに、灰島《はいしま》先生が来て、神崎君のことは心配ないと言ってくれたんです。それから灰島先生も、学園近くに来ている魔物を退治に出ていかれました」

灰島先生は俺のことを認めてくれていたし、配慮《はいりょ》してくれたということか——後でお礼を言わないといけない。担任の武蔵野先生にも説明は必要だろう。

「……玲人、これから大変になるわね。私も説明に付き合いましょうか？」

「あっ……お、折倉さん、すみません、私ばかり玲人さんと……」

「いいのよ、彼を見て安心したということなら、それは私も同じだもの」

黒栖さんは俺からパッと離れるが、密着という距離でもないのに普通に胸が当たるというのは、発育の暴力というほかかない。

（……雪理と黒栖さんの間に微妙な空気が……お、俺のせいか……？）

「玲人さん、教室のみんなに会いに行きますか？」

「ああ、まあ顔見せ程度に……雪理はどうする？」

「私もせっかく来たのだから、同行させてもらうわね。背景のようなものだと思って気にしないで」

「い、いえ、折倉さんは有名人ですから、とてもそんなわけには……っ」

黒栖さんと雪理が先に昇降口に入っていく——二人とも仲が悪いわけではないようで、ほっと胸を撫《な》で下ろす。

「——そこの君。少しいいか」

突然、後ろから声をかけられる。硬質な、聞いただけで背筋を正したくなるような女性の声。

振り返ると、そこには灰島先生と、討伐隊の装備を身につけた女性の姿があった。

２　選択

交流戦に参加して良い結果を出すことで、討伐隊との接点を作る――それを当面の目標の一つとしたばかりで、まだ討伐隊の人と話すのは先になると思っていたのだが。

先に行った黒栖さんと折倉さんも、俺が呼び止められたことに気づいて足を止めている。待っていてくれるのなら、ここで話をしても大丈夫そうだ。

「神崎君、帰ってきたばかりのところで申し訳ないけど、紹介したい人がいるんだ」

「私は朱鷺崎市討伐隊に所属する、第二部隊隊長の綾瀬《あやせ》という」

綾瀬さんは頭につけるヘッドギアのようなものを今は外していて、手に持っている。長い黒髪は動きやすいようにということか、ポニーテールにしていた。

討伐隊の装備は俺が知っているような迷彩柄・カーキ色の軍服といった感じではなく、近未来的というか、ＳＦ的な感じのするデザインだ。

折倉さんが訓練所で着ていたスーツと通じるものがある。『アストラルボーダー』でも純ファンタジーではなく、科学的な要素の入った装備品が多かったが、この現実《リアル》においてはファンタジー要素より科学要素が前面に出ている。

「初めまして、冒険科一年の神崎です。綾瀬さんは、灰島先生と知り合いなんですか？」

「さあ、どうかな……と冗談を言ってると、彼女の気分を害するからね。まあ、僕たちは風峰

学園で同期だったんだよ」

「灰島も討伐隊に所属していたが、今は一度学園の教師として籍を移している。この学園こそ、将来の防衛の要《かなめ》になるのでな。有望な生徒を見出《みいだ》し、その生徒にはより能力を伸ばすための機会を与える。それが灰島の現在の任務だ」

「任務というか、所属も仕事も先生だけどね。君が実習で出した結果については、他の生徒と比べると飛び抜けて優れていた……それで、旧知の仲であるところの綾瀬に報告させてもらっていたんだ」

「言い方。ん……コホン、すまない。灰島から勝手に報告されていたなどと、神崎君としては不信感を覚えるかもしれないが……」

「そんなことはないですよ。俺も、討伐隊の人とできれば話したいと思っていたので」

「む……そ、そうか。それならば良かった……」

　初めは硬質な空気をまとっているように見えたが、徹底した軍人気質というわけでもないようだ――それとも、俺の反応が意外だったのか。

「神崎君、君は将来討伐隊を志望してるのかい？」

「いえ、そこまでは……魔物が出たとき、周りの人を守りたいとは思っています」

「それだけでも、討伐隊としてはとても助かる。民間の討伐者《バスター》に相当する強さを持つ人々が、戦局を左右することもあるのでな」

「俺は、討伐者《バスター》相当と評価されてる……そういうことですか」

その質問に綾瀬さんはすぐに答えない。しかし、その目が答えを示していた。

「学生の討伐者《バスター》は、現状この市には一人もいない。討伐隊の要請を受けて魔物に対応するなどの場合はあるけれど、それは討伐者《バスター》としてじゃない」

「……神崎玲人君。私たちは君を討伐隊の一員として迎えいれるか、より環境の良い育成機関に行くことを推奨《すいしょう》したいと思っている」

綾瀬さんの言葉は急にも思えたが、それが目的で俺と話しに来たのだろうということは薄々と分かっていた。

黒栖さんと折倉さんにも聞こえたようで、彼女たちの様子が変わる――『生命探知』で感じる心臓の鼓動が、速まっている。

そんな二人の不安を少しでも早くなくしたい。だから、それほど迷いはしなかった。

「お誘いをいただき、光栄に思います。ですが、俺はまだこの学園に入ったばかりですし、今の場所でも学べることは多いと思いますから、辞退します」

「そうか……そうだな。話を急いですまなかった」

そう答える綾瀬さんだが、どこか安心しているようにも見えた。初めから、決定は俺の意志に委《ゆだ》ねてくれるつもりだったのだろう。

「神崎君はすでに、今回起きた特異現出の現場で大きな貢献をしている。疑いようもなく、討伐隊の一部隊よりも大きな戦果だ……それを知っているのは一部の人間で、まだ公《おおやけ》にはできないけれどね」

「それは大丈夫です、俺は、俺にできることをやっただけですから」

「君の存在とその力が、広く知れ渡るようなことになると、周囲が色々と騒がしくなるかもしれない。風峰中学校と、駅近くのビルに現出した災害指定個体については、討伐者の情報を開示せずにしておくこともできるが……」

「できれば、伏せてもらう方向でお願いします。誰がやったかよりは、人を助けられたことの方が大事ですから」

　その情報が開示されることで何が起きるのか――ソウマたちがログアウトできていたとして、俺がどうしているかを知るきっかけにはなりうる。

　だが、俺と一緒に暮らしている妹のこともある。俺が災害指定個体を倒す力を持っていると知れたとき、それを利用しようとする輩《やから》もいるかもしれない。そうである以上は、自分の情報は可能な限り自分でコントロールできたほうがいい。

「ランスワイバーンに襲撃されていた討伐隊を救援してくれた件については、情報は我々の間で共有されている。神崎君、君は私たち皆が敬意を払う対象だ。君がいなければ被害は拡大していたし、今も警報は解除されなかっただろう」

「そんな君が討伐隊に入ってくれれば……というのは、君の将来にも関わることだ。しかしこれからも、できるなら討伐隊に力を貸してもらいたい。不甲斐《ふがい》ない大人ばかりですまない、本当に」

　灰島先生が頭を下げる――綾瀬さんもそれを見て倣《なら》おうとしたが、俺はそれを制する。

「魔物がどうして現れるのか、彼らを倒すために必要な装備などについても、これから相談させてもらえればと思っています。綾瀬さん、討伐隊には能力を測定する器具とかはあるんでしょうか」

「能力測定については、体力テストのような形で行うことはできる。個人が持っているスキルについては、それを使用してもらうことで、ある程度解析は可能だ。もし調べてみたい場合は、私に連絡してくれればいい」

「ありがとうございます」

綾瀬さんは左の手首を俺に見せてくる――そこに着けられているのはコネクターだった。

《綾瀬柚夏《ゆずか》がリンクコードを要求しています》

バディになる以外でも、リンクコードによって通話が可能になるらしい。討伐隊の隊長クラスの人と連絡できるようになった――こちらから連絡するとしても、重要な機会に限られるだろうが。

リンクコード要求を承諾《しょうだく》すると、綾瀬さんは俺にコネクターを見せて微笑《ほほえ》んだ。

「これで最低限の任務は果たせたといっていい。君には今後も期待している」

満足そうに帰っていく彼女を見送る――そんな俺を、灰島さんが楽しそうに見ている。

「ああ言っているけど、彼女はたぶん君と一緒に戦いたいんじゃないかな。そのために現出が起きてほしいってわけじゃないけどね」

「確かに、緊急警報はそうそう起きてほしくないですが……必要なら、協力して戦わせてもらえればと思います」

「いつ起きてもおかしくはないが、起こらないときは起こらない。だからこそ、日頃から備えておく必要がある。君がこの学園に残る選択をしてくれたこと、先生としては嬉しく思うよ。君の背中を見て、学園の生徒たちも強くなるだろう。追いつけるかどうかは別としてね」

「それは俺にとっても刺激になります」

「……君は本当に……いや、そろそろ引き止めておくのも悪いか。次はまた実習のときになるだろうけど、その時はよろしく」

灰島先生が気遣ったのは、待っている黒栖さんと雪理に気づいていたからだろう。

二人は緊張した面持《おもも》ちでいる。近づいても、まだ何も言ってはくれない。

綾瀬さんに対して答えは出したが、改めて伝えるべきだろう。俺がこれからどうしたいのかを。

「俺はここにいるよ。まだ入学したばかりだし、この学園でやりたいことも沢山《たくさん》ある」

「玲人さん……」

「玲人が選んだことなら、私は賛成するわ。でも……玲人は、本当に……」

「俺は自分に嘘はつかない。ここにいたいと思うからいる、それだけだよ」

「っ……」

涙ぐんでいた黒栖さんが、笑う。雪理は今になって目を潤ませ、それを悟られないようにそっぽを向く。

夕日は沈んで、あたりの照明が点灯する。黒栖さんと別れて学園の外に出て、戻ってきて――気づけば随分《ずいぶん》時間が経っている。

「……二人とも、夕食とかはどうする？　俺は妹に連絡してから、できればどこかで食べようと思ってるんだけど」

「は、はい……私も、外食などは大丈夫です。でも、警報のあとでお店が営業しているかどうか……」

雪理はやはり家で食事をするだろうか――そう思ったのだが。彼女はスマートフォンを操作して、何かの地図を表示して見せてくる。

「これだけのお店は営業しているみたい。角南に話しておくから、車で行く？」

「っ……い、いいのか？」

「私の家は、友達と一緒にいて帰りが遅くなったくらいで怒られたりはしないわ。そういうイメージを持たれているみたいだけど」

「いや、そんなことは……素直に嬉しいよ」

「……黒栖さんも私も、あなたの話が聞きたいのよ。黒栖さんと学園で別行動になって、私のところに来るまで……どんなことがあったのか教えて」

夕食をどうするかと聞いたのは、ふとした思いつきだった。二人とも家で食べると言って、それで解散でもおかしくないと思ったのだが――。

「不破《ふわ》君、神崎君たちがＡ５和牛食べに行くって言ってる……私たち平民はどうなるの？」

「……あいつらとつるめるくらい、自分のレベル上げろってことだろ。俺はそういう問題以前だけどよ」

南野《みなみの》さんと不破が、いつの間にか昇降口から出てきている――クラスの皆も帰宅許可が出たようで、学園内が賑《にぎ》やかになっている。

「神崎君、おかえり！　黒栖ちゃん、相方が帰ってきてくれてよかったね！」

「あ、相方というのは、その、恥ずかしいので……私たちはバ、バディです……」

「雪理お嬢様も外で魔物討伐を……？　激しい戦いの後なのに、なんて麗《うるわ》しいお姿……」

「雪理様が神崎と食事を……先回りだ！　店の中で神崎の行動を監視するぞ！」

「Ａ５和牛の店だと……くそ、財布に五百円しかない……！」

南野さんの発言を鵜呑《うの》みにする雪理の親衛隊たちだが、実際に俺たちが英愛《エア》と合流して向かった先は、英愛の希望で選んだファミリー向けのレストランだった。

３　理由

食事を終えたあと、角南さんの運転する車で家まで送ってもらう。英愛の友達二人はすでに両親が迎えに来ていたので、今回は不参加となった。二人とも英愛との電話では、私達も行きたかったと言っていたらしい。

俺たちの住んでいる家は、朱鷺崎市の北西部にある住宅街にある。到着してドアが開くと、後部座席に一緒に乗っていた英愛が先に降りて、俺もその後に続いた。

「角南さん、雪理、送ってくれてありがとう。黒栖さん、また明日……って、警報の後でも普通に学校ってあるのかな」

「はい、全校集会か、ホームルームで改めて連絡があると思いますが」

黒栖さんは俺の右側に座っていて、妹と黒栖さんに挟まれる形になっていた——シートベルトをしている黒栖さんは、なんというか色々と挟まってしまっていて、目の向けどころに困ってしまう。

「お兄ちゃん、さっきから恋詠《こよみ》さんのことチラチラ見てたでしょ」

「……そうね、途中から落ち着かないみたいだったわね。何か気になっていたの？」

雪理まで助手席の窓を開けて突っ込んでくる——そして、俺はそんなにわかりやすいだろうかと自分の振る舞いを省《かえり》みる。

「……心配してくれていたんですね。私は平気です、玲人さんたちが無事に帰ってきてくれましたから」

黒栖さんの純粋さに救われながら、自分の邪心を戒《いまし》める。これから彼女とバディを組んでいく上で必要なことは、まず自分の弱さを克服することだ。

「心配してたというか、ぎこちなかったというか……雪理さんはどう思いました？」

英愛はすでに二人を名前で呼んでいる。この人懐っこさは見習いたいところではあるが、妹というよりこれでは世話焼きな姉さんのようになってしまっている。

「あまりお兄さんを困らせてはいけないわ。その話は、また今度改めて続きをしましょう」

「はーい。良かったねお兄ちゃん、雪理さんが優しい人で」

「ああ、本当にな」

「黒栖さんには秘密にしておいてあげる。その代わり、前にしていた約束はしっかり履行《りこう》してね」

「り、履行って……」

「返事は？」

こうやって圧をかけてくるあたり、俺が本当は何を意識していたかバレているようだ――白旗を上げるしかない。

「……了解しました、お嬢様」

「ありがとう、神崎家の執事さん」

雪理は楽しそうに笑うと、窓を閉める――車が走り出してもしばらく、黒栖さんは車内から手を振っていた。

「お兄ちゃんに女の子の友達が二人もできたなんて……妹としては嬉しいけど、大丈夫なの？」

「大丈夫って、何の心配をしてるんだ」

「二人とも可愛《かわい》いし、折倉さんはすごい有名人だから、お兄ちゃん、ゆで卵を投げられたりしてないかなって」

「ゆで卵って……雪理も黒栖さんも人気はあるから、確かに男子からの厳しい視線は感じるけどな」

「うん、気をつけたほうがいいよ。でもお兄ちゃんなら大丈夫かな」

危ないのか大丈夫なのか、どっちなんだ——と聞く前に。英愛は不意に、俺に頭を下げた。

銀色の髪が舞い上がり、さらりと流れる。

「お兄ちゃん、助けに来てくれてありがとう。すごく嬉しかった」

「英愛……覚えてるのか？　何があったのか」

忘れているのなら、その方がいいのかもしれないと思った。あの牛頭の悪魔の領界に囚われたこと、精気を吸われたこと。その恐怖を知ったままで、これからを過ごしていくのは酷《こく》なことだ。

しかし悪魔でなくても、他の魔物と遭遇《そうぐう》する可能性は否《いな》めない。悪魔がいつ現出するか分からない世界でも、妹に安心して日々を送ってもらいたい——そのために、俺に何ができるのか。

「……他の子はみんな忘れちゃってたけど、私は分かってる。お兄ちゃんが、捕まってた私達を助けてくれたこと」

「俺のことを、変だと思ったりしないのか。その……」

「お兄ちゃん、冒険科に入るくらいだから、スキルの使い方は上手《じょうず》だったんだよ。でも、こんなに強いなんて思ってなかった。お兄ちゃん、ヒーローみたいだった」

「ヒーロー……そんな大それたものじゃない。まず制服のヒーローなんていないだろ」

「あはは。お兄ちゃんがその第一号でいいんじゃない？」

「そもそも俺には、ヒーロー願望とかは……」

『アストラルボーダー』の最終ボスを倒すと、そう言っていた俺たちのパーティに、皮肉のように向けられた言葉――『ヒーローになりたいのか』。

俺たちは、ただログアウトしたかっただけだ。あの世界から出たい一心で、魔神を倒すことが世界を救うことだなんて考えもしなかった。

ログアウトするという目的を、予期せぬ形でも果たしてしまった今、俺はなんのために戦っているのか。

「じゃあ、お兄ちゃんは私にとってのヒーローだよ。あ、私だけじゃないか。雪理さんと黒栖さんもいるから」

オークロードから助けたあの女の子も、俺のことを『ヒーローみたい』と言っていた。

いい格好がしたいわけじゃない。俺がそうしたいから、誰かを助ける。今のところは、それで戦う理由は十分だと思える。

ソウマたちに恥ずかしくないように。ミアとイオリが、今の俺を見て笑ってくれるように、この現実《リアル》を生きる。

ログアウトしたら魔物が出る世界になっているなんて、つくづくゲームでも現実でも、俺はクソゲーに縁があるようだ。そのクソゲーに否応《いやおう》なく参加させられている人たちを、俺にできる範囲で助けたいと思う。

「……お兄ちゃんがあんなに強いと、遠くに行っちゃわないかって心配になったりもするけど。

行かないよね？」

「ああ、行かないよ」

俺の答えを聞いて、英愛の表情から不安が消える。

悪魔と戦ったことよりも、俺が遠くに行くかもしれないと心配していたのなら――妹が独り立ちするまで、離れずにいられればと思う。

◆◇◆

「ふぅ……」

帰ってまずやったことは、風呂の準備をすることだった。英愛に先に入るように勧めたが、俺が先でいいというので、今は浴槽《よくそう》に浸かって一息ついている。

あれだけのことがあっても、英愛は気丈に振る舞っている。彼女に対して危険が及ばないように、あるいは危険が近づいても自衛する手段はないかと考える――魔石を使って作った魔道具を渡すとか、風峰中学校に転移できるようにするなど、幾つか方法は考えられる。

俺が到着するのがもう少し遅れていたら。それを考えると、用心は重ねるに越したことはない。これから特異領域《ゾーン》に入って得たものは、英愛や周囲の人物の自衛手段を強化するためにも使っていきたい。

「お兄ちゃん、もうお風呂に浸かってる？」

「ああ、どうした？」

「う、うん。その……なんていうか……」

浴室の扉は磨《す》りガラスになっていて、英愛の様子は見えないが、何か言いたげにしているのはわかる。

「……私も入っていい？」

「っ……い、いや、それは……」

「ご、ごめんなさい。やっぱり駄目だよね、子供じゃないんだから、一人で入らないと」

「……英愛」

やはり、今でも英愛は不安なままなのだろう。世間体《せけんてい》を気にするよりは、今日は英愛がしたいようにさせたい。

「分かった、俺は後ろを向いてるからな。見せないように入るのは結構難易度高いけど、大丈夫か？」

「っ……う、うん、私は大丈夫。お兄ちゃん、ありがとう……っ」

断られると思っていたのだろう、英愛の声がはしゃいだものに変わる。俺は湯船の中で、英愛が入ってきても背中を向けた形になるように場所を変える。

カチャ、と音を立てて扉が開く。そして俺は今さら気がつく――俺が背を向けても、横にある鏡に映ってしまっていることに。

「お兄ちゃんがのぼせないように、急いで入るね」

「色々時間はかかると思うし、急がなくてもいいぞ」

「……お兄ちゃんの背中も流してあげたかったんだけど、男の人って洗うの早いんだね」

俺が不自然な体勢でいることに突っ込まないのは、妹の優しさか――家族でもこの歳《とし》ではまず一緒に入らないよなと思いつつ、俺は体温上昇の状態異状をスキルで解除し、たまに妹から振られる会話に答えつつ、遅く流れすぎる時間を乗り切ろうと努めた。

4　ベータテスト

「お兄ちゃん、ありがとう。いつも乾かすの大変なの」

「確かに大変そうだな……こういうの、俺がやってもいいのか？」

「うん、適当に乾かしちゃっていいよ」

風呂上がりに俺が髪を乾かしていると、妹がじっと見てきた――その意図をなんとなく察して、今はリビングで妹の髪を乾かしている。

銀色の髪は乾くとサラサラになり、手触りが良い。ドライヤーの熱風を当てすぎないように最初は手間取ったが、そのうち慣れてきた。

（『アストラルボーダー』だと、マジックアイテムで乾かしてたな……）

ミアとイオリが互いに髪を乾かし合っていたことを思い出す。男女で別の部屋を取っていたが、入浴後のミーティングは俺達の部屋で行うことが多かった。

「……お兄ちゃん？」

「ああ、悪い。ちょっと考え事をしてただけだ」

「なになに？　気になる。お兄ちゃんゲーム好きだから、ゲームのこと？」

「確かにゲームは好きだけどな……今はそうそうやる気にならないけど」

そのうち『アストラルボーダー』の正式サービスが始まったら、一度はログインしなくてはいけない。

しかし、あのヘッドギア型のデバイスを着けること自体にまだ抵抗がある。短時間つけるだけでも、気分はいいとは言えなかった。

「お兄ちゃん、入院する前にゲームをしてたんだよね……ＶＲゲームが合わなくて、体調が悪くなっちゃったのかな」

「それで意識を失うってことは、普通ないと思うけどな。テストで問題が起きたってニュースが流れてないわけだし」

「自分のことなのに、そんなに落ち着いちゃって。損害賠償……？　とか、そういうお話になってもおかしくないのに」

「そこまでは思い当たらなかったな……」

俺が知っている『アストラルボーダー』と、これから正式サービスが始まるゲームは明らかに別物だ。正式サービス時に変更があることは珍しくないが、なんというか、手触りが違うと感じられる。

テスト期間だけあのゲームがデスゲームだったとして、それが問題にならないわけもない。『俺がゲームにログインした当時の現実世界』と『俺がログアウトした現実世界』には、地理や文明の発達度合いなどは共通点が多いものの、やはり同一とは思えない。

魔神アズラースを倒したあと、俺は叶えられる願いとしてログアウトを希望せずに死んだはずだった。つまり、正規のログアウトではないからこんなことになっている——だとして、誰がそんなことを仕組んだのか。

あの耳から離れない声。ガイドAI——もう一度ログインしても同じAIではないだろう。ガイドAIではなく、それを作った何者かが、全ての疑問の答えを持っている。

「……そうだな。ゲームの製作者に話を聞きたい……難しいかもしれないけど」

「私はお兄ちゃんに協力するよ。何かできることないかな?」

髪を一通り乾かし終えてドライヤーのスイッチを切ると、英愛は自分で櫛《くし》を通し始める。そして、自分が座っているソファの隣をぽんぽんと叩く——座っていいということらしいので、言葉に甘えることにする。

「英愛はしっかりしてるから、相談できることは相談するよ」

「そういう言い方だと、私が子供っぽいみたいじゃない? 意外にしっかりしてるとか」

「意外ってことはないよ。目が覚めてから、ずっとお世話になりっぱなしだ」

「……だから、一緒にお風呂に入ってくれたの?」

「ま、まあそれは……今日は特別だぞ。俺が姉さんならいいけど、兄貴だからな」

「ありがとう、お兄ちゃん。のぼせちゃいそうで、スキル？　っていうの使ってたよね」

確かに隠してはなかったが、意外に注意深く見られているものだ。理由《わけ》あって一緒に入りたかったとはいえ、やはり気にすることは気にするということか。

「私もスキルは使えるみたいなんだけど、まだ何ができるのか分かってないんだよね。職業《ジョブ》を調べるって、どうしたらいいのかな」

「雪理……折倉さんに聞いてみるよ。俺も入学した時の記憶が飛んでるからな」

「あ……ご、ごめんなさい。そうだったんだ、お兄ちゃん、記憶が……」

実は英愛のことも覚えていなかったんだ――とか、そんなことを言ったら、こうやって家族として過ごす時間が終わってしまいかねない。そうなったとしたら、この家を出ていくのは俺の方になるのだが。

「だからお兄ちゃん、私に対してちょっと遠慮《えんりょ》してるの？」

「……正直を言うと、それもある。ごめん、英愛」

「ううん、気づかなかった私も悪いから。でも、お兄ちゃんがこの家に帰ってきてくれたら、私はそれだけで嬉しいよ」

英愛が俺の方を見て微笑《ほほえ》む――言葉通りに、心から嬉しそうで。

助けられて良かったと改めて思う。もう二度と、彼女を危険な目には遭《あ》わせたくない。

「私もお兄ちゃんに教えてもらったら、強くなれるかな？」

「職業《ジョブ》がわかれば、教えられることはあると思う。ある程度自衛の手段はあったほうが安心できそうだ……本当は、討伐隊に任せられたらいいんだけどな」

「一度にいろんなところで魔物が出てきちゃうと、今日みたいなこともあるんだって。私、クラス委員だから、体育の時に騒ぎになって、みんなと一緒に逃げて……でも、裏庭のところで、急に……」

英愛の表情が曇る。これ以上思い出させてはいけない——そう思い、『リラクルーン』を発動させて、気持ちを落ち着かせようとする。

「……大丈夫か？　今は思い出さなくていい、怖い思いをしたな」

英愛は何も言わず、俺を見る——そして、隣に座る俺の肩に頭を預けてきた。

「ちょっとだけ、こうさせて。すぐ元気になるから……」

「……今日はもう、休んだほうがいい。それとも、何か気が紛《まぎ》れるようなことでも話そうか」

「ううん、大丈夫。そうだ、お兄ちゃんと同じゲーム機、もう届いてたんだった。早いよね、通販で頼んだらもう来ちゃうなんて」

緊急警報が出てたのにもかかわらず、荷物を届けてくれた配達員の人には頭が下がる。ダイブビジョン自体はそれなりに普及していて、ネットでいつでも購入できるが、評価は軒並《のきな》み高く、事故があったというレビューもなかった。

「お兄ちゃんがやってた『アストラルボーダー』は……しないほうがいいかな？」

「そうだな……俺は、一度は触ってみようと思ってるけど」

「っ……それなら、私も一緒にやりたい。お兄ちゃんが一人でするのは心配だから」

英愛が心配するのは分かるが、妹を巻き込むわけには――いや、もう十分巻き込んでしまっている。

「私のことなら心配しないで、こう見えてもゲームとか得意だから」

「……分かった。入院しておいてなんだけど、俺はダイブビジョンはただのゲーム機だし、『アストラルボーダー』にも問題はないんじゃないかと思ってる」

「そうなんだ……お兄ちゃんが続けたいなら、いいと思う」

「続けるというか、正式に始まったらどんな感じか見てみるだけだぞ？」

「うん、分かった。じゃあ、お兄ちゃんがもういいっていうところまで一緒にやりたい……あ、お兄ちゃん、スマホが鳴ってるよ」

ダイニングテーブルの上に置いてあったスマホが振動している。取りに行って確かめてみると――そこには『アストラルボーダー』オープンβ《ベータ》サーバーオープンのお知らせというメールが届いていた。

5　アストラルボーダー・β

βサーバーとは、本番のゲームの機能が一部使えないが、サーバー負荷テストのためにオープンされたものだ。事前登録者の中から選ばれた十万人が参加できるという。

俺が経験した『アストラルボーダー』のクローズドβテストは五千人が参加したので、本番に向けて規模が大きくなっているとも受け取れなくはない。それにしても、クローズドテストの結果を反映したにしては、オープンβの開始が早すぎる気もするが。

「お兄ちゃん、このまま進めればいいの？」

英愛が購入したダイブビジョンは開梱《かいこん》し、初期設定を済ませた。同じ家で二人のユーザーがログインすると回線に負荷がかかりすぎないかと思うが、そこはゲームを始めてみないとわからない。

英愛はベッドに座って俺に椅子《いす》を貸してくれたが、そのままでは疲れるので、横になった状態でプレイする人が多いと説明した——それで今は、仰向《あおむ》けに寝る姿勢になっている。

「何か、サーバーを選ばないといけないみたい。βサーバーは三つあるんだって。スピカサーバーが日本語サーバーって出てるよ」

「じゃあ、スピカサーバーにしておくか」

『アストラルボーダー』のサーバーは並列サーバー形式で、負荷を分散して処理しているために、一つのサーバーにおける最大ログイン人数が従来より飛躍的に増えている。

そんな事前の知識はそのまま通用するようで、俺もゲームデータをアップデートして始めてみるが、重いと感じる場面が一切なかった。

《アストラルボーダー　スピカサーバーにようこそ》

《クローズテストにご参加いただきました神崎玲人様には、βサーバーにてささやかな特典を

用意しております》
　テストでのデータは引き継がれないはずなのに、そんな音声メッセージが流れてきた。
《ゲーム内で使用する名前を入力してください》
　普通オンラインゲームで本名を使わないものだが、音声チャットが必須《ひっす》のＶＲＭＭＯにおいては、発声しやすく認識しやすいということで、下の名前を入力するプレイヤーが多かった。
「じゃあ、『レイト』で」
《レイト様、でよろしいですか？》
「お兄ちゃん、本名プレイなんだ。ＶＲＭＭＯってそういうものなの？」
「中には†《ダガー》聖天使黒猫†《ダガー》みたいな人もいたけど、とっさに言うのが大変だからな。名前を指定して使うスキルもあるから」
「あはは、でも可愛《かわい》いね、聖天使さんって。私はエアにしておこっと」
《キャラクターの性別を選んでください。無性別とすることも可能です》

こういう選択があると無性別にしたくなったりもするが、アバターは自分の容姿をベースに作られるため、男以外にすると違和感のある容姿になる。そのため、男にしておくのが無難だろう——ゲームだから何を選んでも自由、という主張をするプレイヤーも多いし、俺も基本的にはそれに賛同している。

「男の子にするとすごい違和感が……女の子だと、私っぽいかな」

「まあ、性別は普通に選んだ方が無難かな」

「あはは。お兄ちゃんが女の子を選んだらどうなるか、見てみたかったかも」

「今から選んでやろうか……なんてな。まあ、今回は普通に始めようか」

《あなたのアバターが決定しました。それでは、イメージしてください》

《前に進み、扉を開けてみましょう。その扉を開けた先が、新しい世界です》

——この場面は、俺が知っている『アストラルボーダー』に良く似ている。

だが、あの臨場感、空気感はやはり再現されていない。ゲームはゲームだと分かる——しかし、何かが違う。

《——Welcome to Astral Border World——》

扉を開けると、そこは草原の中にある、寂れた神殿のような場所だった。周囲を石柱に囲まれており、後ろを向くと、通ってきた扉がある。

この扉が消えて、ログアウトできなくなった――それが、デスゲームだった『アストラルボーダー』に閉じ込められたと知ったきっかけだった。

《ここからログアウトすることが可能です》

扉を見ただけで、あっさりとそう教えてくれる。実際に、他のプレイヤーが扉に近づいてきて、ログアウトしていく光景にも遭遇《そうぐう》した。

さっきから聞こえてくる声は、あのガイドＡＩとの声とは違っていて、こちらに友好的な話し方だった――本来、ゲームのナビゲーション音声はそうあるべきだと分かっているが、それでも何か裏がないかと疑ってしまう自分がいる。

「すごーい……ほんとにファンタジーの世界に来ちゃったみたい。お兄ちゃん、ＶＲＭＭＯってすごいね！」

英愛のアバターは、銀色の髪をしたエルフのような姿をしていた。初期装備でも十分に可愛らしく、村娘のような格好ながら、軽やかにくるくると回る姿に目を奪われる。

——最初はすげえと思ったけど、今はリアルすぎて嫌になるぜ。

——これだけリアルだったら、ＰＫ《プレイヤーキラー》とかしてもリアルなのかな。

——本当に死ぬかもしれないんだろ？　でもゲームなら罪に問われたりしないよな。


長期間ログアウトできないことで心が荒《すさ》んでしまい、酒場でそんなことを話しているプレイヤーを見たこともあった。

俺も最初は、英愛のようにはしゃいでいた。そんな自分を後から思い出して、堪《たま》らない気持ちになることもあった。

それでも、これがただのゲームだったのなら、と願うことはあった。このゲームを仲間たちと楽しむ、純粋にそうすることができたらどれだけ良かっただろうかと。

この世界では、それができるのかもしれない。また『アストラルボーダー』をプレイしたいと思うなんて、俺の経験したことを知れば、誰もが愚かだと思うだろう――それでも。

「あ、お兄ちゃん、何か出てきたよ？　あれ、スライム？」

βテストでもチュートリアル戦闘はあるらしく、バスケットボールほどの大きさがあるスライムが二匹出てくる。

「私、戦ってみようかな……パンチとかで倒せる？」

「いや、その辺りに武器として使えるオブジェクトがあるはずだ。えーと……」

――そして俺は何気なく、物を引き寄せるための『キネシスルーン』を使おうとする。

ゲームの中で発動するわけはない、そう気づくが——。

《レイトが特殊スキル『キネシスルーン』を発動》

「っ……‼」

「お兄ちゃん、スキルが使えるんだ。あ、テストに参加してたから、初めからレベルが高いとか？」

「いや、レベルは引き継がれてないが……驚いたな……」

テストプレイヤーの特典なのか、それとも『そのように作られた』ゲームなのか。

スキルがある世界のゲームなら、そんなゲームがあってもおかしくはない。どうやら、現実で使えるスキルを、そのままゲーム内でも使うことができるようだった——つまり。

デスゲームでなくなってもゲーム内容がおおよそ似ているのなら、『アズラースを倒して願いを叶える以外に、この世界を出られることを示唆《しさ》するようなイベントがあるか』を、調べることができるかもしれない。

「この木の枝が武器に使えるの？　あ、装備できたみたい」

何も持っていないときは、手に入れたものを自動で装備する。それは、俺の知る『アストラルボーダー』にはなかった機能だ。

やはりこれはゲームだ。もう一度『アストラルボーダー』を攻略できる——良い記憶よりも辛《つら》かった記憶の方が多いが、どうやって難所を突破したかを覚えていれば、決してクソゲーという難易度ではない。
「俺が魔法で武器を強化する。英愛はそれで戦ってみてくれ」
《レイトが強化魔法スキル『ウェポンルーン』を発動》
「あ……すごい、木の枝が光ってる。それじゃ、やってみるね……えいっ！」
無属性魔法しか効かないスライムは、英愛の一撃で討伐される。俺のときは武器攻撃が通じないので、初期スキルで対処できなければ逃げるのが正解という、ひっかけのようなチュートリアルだった。
《意地悪なスライムを、レイト、エアが討伐》
《経験点を獲得》
《スライムのかけらを１つドロップしました》
「意地悪って、どんなふうに意地悪だったのかな」
「まあ、色々とな。英愛、油断すると装備を壊してくるから気をつけるんだぞ」
「あ、そういう意味で意地悪なんだ……スライムってえっちなモンスターなの？」

「え、エッチというかだな……」

「向こうにもえっちなスライムがいるよ、お兄ちゃん。やっつけていい？」

「他のプレイヤーもいるかもしれないから、そういう発言は控えめにな」

——試しに少しだけログインしてみるつもりが、その日の夜は思ったよりも長く、自由奔放《ほんぽう》にゲーム世界を走り回る英愛に付き合うことになった。

6　レイドボス

スライム退治でエアのレベルを上げられるだけの経験点が貯まると、次の行き先が示された。基本操作は俺が知っている通りだったので、エアが練習しているところを見守りながら進んでいく。

やがて、石造りの巨大な門が見えてきた。俺が知っている『アストラルボーダー』とはオブジェクトの位置や造形が違うように思うが、おおむね雰囲気《ふんいき》は一致している。

《始まりの都市ネオシティにようこそ》

ネオシティは『アストラルボーダー』の初期拠点となる都市の一つだ。全てのプレイヤーが同じ街の近くからスタートするわけではなく、ランダムに十個の拠点のいずれかが選ばれる。

俺とエアはログインする前にアカウントをリンクしたため、同じ場所に出られた。

「お兄ちゃん、レベルってどこで上げたらいいの？」

「レベル10までは、この町にいる天導師《レベルマスター》って人に上げてもらえるんじゃないかな。その人がジョブの認定もしてくれる」

「そうなんだ。私の職業は『初心者』ってなってるけど、お兄ちゃんは？」

「俺は『経験者』だけど……一応、特典はあるみたいだな」

レイト　男　レベル：１／１００
ジョブ：経験者
ＨＰ：98／１００
ＯＰ：50／１００
筋力：70（Ｆ）
体力：70（Ｆ）
教養：90（Ｆ）
精神：90（Ｆ）
魔力：80（Ｆ）
速さ：70（Ｆ）
魅力：80（Ｆ）

幸運：60（F）
通常スキル
なし
SPスキル
なし
残りスキルポイント：10

ステータスの初期値はある程度ランダムだが、最低で50なので、レベル1でこの値は決して低くない。魔法系が高いのは、俺の適性を見てくれているのかなんなのか——それにしても、ステータスだけで無双《むそう》はできない値だ。

スキルの欄《らん》にも何もないのに、使うことができたのは何故か。クローズドテストの参加特典ということか、それともバグのようなものなのか。後者だとしたら、バグ報告の必要があったりしないだろうか。

『呪紋創生《ルーンクリエイト》』を試してみたらどうなるか——エラーが起きそうな気がするし、運営に感知されたらどうなるか分からない。

あえて自分の特異性を主張することで運営と接触できる可能性はあるが、問答無用でＢＡＮされるということもありえる。

（まあ、通常スキルの範囲なら使っても大丈夫か……？　問題があったら、運営が何か言って

くるよな）

「お兄ちゃん、見てみて。ラクダ……？　みたいな動物が歩いてる。可愛《かわい》いよね」

考えごとをしながら歩いているうちに、町の外から行商人が騎乗用の動物に乗って入ってきていた。あれはパカパカというやつで、歩く時にもパカパカと蹄《ひづめ》の音がする。

「アルパカがモデルらしいけどな。あの種類だとそんなに速くないけど、乗って移動するぶんには便利だぞ。荷物持ちも得意だしな」

「そうなんだ、私も乗ってみたいな」

「多分クエストで一頭手に入るから、それで乗り心地を試すといいかもしれない」

「本当？　わー、早く乗ってみたいな。初めてでも乗れるかな」

「あまり先のことを色々教えすぎない方がいいか？　ネタバレって感じもするし」

「ううん、教えてもらうのも楽しいよ。お兄ちゃんと一緒だから」

自分が経験者だからと得意になっていないかと自省したが、妹はそんなことは全く気にしていなかった。

「……できればお兄ちゃんが良かったら、毎日一緒にしたいな。駄目？」

「駄目ってことはないが、今日のところはレベルを上げるまでにしないか。もう十二時近いしな。宿題とか終わってるか？」

「ゲームする前に終わらせちゃったよ。お兄ちゃんは？」

「今日は課題自体が出てないな。次回の授業からって言われたけど」

「じゃあ、もうちょっとだけ。あと三十分だけだから。お願いお願い」

「分かった分かった。二回言わなくても大丈夫だ」

「お兄ちゃんも二回言ってるよ」

エアはしてやったりという顔で言うと、町に入っていく——ゲームとはいえ体力の減少があるので、走りすぎるのは良くないのだが。

俺の『ヒールルーン』が使えるといっても、OPの限界が低いので、あと一回使うと疲労感が出てくるだろう。デスゲームと今のような普通のゲームでは、疲労の感じ方には違いがありそうだが。

《警告《アラート》　ネオシティ近辺のプレイヤーに告ぐ》
《賞金首《レイドボス》『草原の暴走者』が出現しました。テスト版ではレベルと耐久力が低く設定されていますので、皆様ぜひ討伐にご参加ください》

（草原の暴走者……あのモンスターのことか？　あれも立派な初見殺《しょけん》しのはずだが……）

「お兄ちゃん、ぜひご参加くださいって。まだ私たちには早いかな？」

βテストが始まってからまだそれほど時間が経っていないが、効率重視のプレイヤーはすでにレベル5以上まで上げているように思う。

俺と同じように『クローズドテスト経験した』とされているプレイヤーは、このゲームの序盤について情報を持っていてもおかしくない――デスゲームからログアウトしてここに至る、という人がそうそう他にいるとも思えないのだが。

「そうだな……せっかくだし、様子を見に行ってみるか」

「うん。あ、このあたりのマップが見られるんだ。この赤いのが暴走してるみたい……すっごく元気に走り回ってる」

「俺が知ってるのと同じなら、イノシシみたいなモンスターだからな。10レベル以下でタックルされると一発でアウトだが、β版で弱くしてあるならもう少しマシかな」

「一回当たっただけで駄目なの？　……避けるのって難しい？」

「俺が知ってる限りだと、かなり難しい。レベルが高くても、油断してたら当たるくらいだから」

「そんなのとどうやって戦うの？　ちょっとずつ叩いてダメージを与えるとか？」

「その通り。レイドボスっていうのは、大勢で戦うのが前提のモンスターなんだ。ソロで倒せる難易度にはなってない……つまり、参加した全員で勝てばいいわけだ」

英愛は感心したように頷《うなず》いている――しかし、やはり一撃死もありうるというのはプレッシャーがかかったようで、見るからに緊張してる様子だ。

俺としても、ゲームであることを確認しているとはいえ、ＶＲＭＭＯ内で戦闘不能になることにはやはり抵抗がある。１パーティ限定ならいざ知らず、プレイヤー全員を対象にしたレイドボスとなると、戦闘途中で脱落者が出るのは無理もないのだが。

考えつつ、ネオシティの西側に広がっている草原に向かう――すると、『草原の暴走者』が出現したときに近くにいたプレイヤーが戦闘に入っていて、悲鳴じみた声がすでに聞こえてきていた。

「うぉぉぉぉ、めっちゃやはぇぇぇ！」
「マジかよ、あのパーティ体当たり一発で吹き飛んだぞ！」
「こ、こっち来るっ、待って……きゃぁぁっ！」

《草原の暴走者が強化スキル『猪突猛進《ちょとつもうしん》』を発動》
《草原の暴走者が攻撃スキル『パワーチャージ』を発動》
《プレイヤー累計23名が戦闘不能　ホームに転送されます》

（少し装備を整えて、レベルも上げただろうプレイヤーが一撃か。相変わらずだな……）

巨大なイノシシの姿をしていて『主様《ぬしさま》』と呼ばれることもあるモンスター。俺が知っているのは同型の小型イノシシを引き連れている姿だが、今回は一体だけで猛威をふるっていた。

《賞金首の領域《ゾーン》に侵入しました。一定のダメージを与えるまでは脱出不可能となります》

「お兄ちゃんっ、透明な壁ができて逃げられなくなっちゃった……！」

「今メッセージが出た通り、ある程度ダメージを与えないと逃げられないんだ。厳しい相手だが、チャンスはなくもない」

レイドボスのライフをレベル１のプレイヤー二人で削《けず》りきるのは現実的ではない。条件を満たして逃げることができれば、ダメージ順位によるＭＶＰ判定には参加できる。

「チャンスがあるなら、頑張ってみたいな……私にもできることがあったら教えて」

「エア、俺にあのイノシシの注意を向ける。突っ込んでくるだろうから、そうしたら後ろから思い切り攻撃してやってくれ」

「う、うん……でも、レベル１の私じゃ、ちょっとしか効かないんじゃない？」

「魔物には弱点がある。そこに弱点属性で攻撃をするとどうなるか……面白そうじゃないか？」

「……ドキドキするけど、面白そう。駄目だったらレベル上げしようね、お兄ちゃん」

「ああ。行くぞ！」

《レイトが攻撃魔法スキル『フレイムルーン』を発動》

「――グモォォォッ！」

イノシシの胴体に炎弾がヒットする――このイノシシの厄介《やっかい》なところは、頭部から腕、胴体などが装甲に覆《おお》われていて、なかなか攻撃が通らないところだ。

そして一度怒ると手がつけられない。俺の残りのＯＰは40、現実と違ってレベルの高いスキルは使えない――しかし。

《草原の暴走者が攻撃スキル『パワーチャージ』を発動》

《レイトが強化魔法スキル『スピードルーン』を発動》

「うぉぉぉっ……危ねぇ……」

覚悟はしているつもりだったし、死ぬような攻撃を回避するのも慣れているつもりだった――ゲームの中の方がステータスが低いこともあり、『スピードルーン』を使わなければ即死だった。さすが主様《ぬしさま》、まるでダンプカーのような突撃だ。

しかしギリギリまで引きつけて回避に成功すると、巨大イノシシは俺のすぐ傍を通り過ぎて、方向転換のために減速する。地面がガリガリと削られ、草が舞い上がっている。グラフィックは超をつけてもいい高品質だが、現実《リアル》そのものではない。

(この一回で俺は気絶するかもしれないが……エアの攻撃でダメージをどこまで負わせられるか……！)

《レイトが強化魔法スキル『エンチャントルーン』を発動　付与魔法『フレイムルーン』遠隔発動》

詠唱《えいしょう》がゼロにならない――だが間に合う、高速詠唱レベル1が効いている。

「エア、攻撃をヒットさせたら逃げろっ！」

英愛の持っている木の枝が、炎の魔力を纏う。ＶＲＭＭＯはここで思いきれないことも多い――ここぞというときに、メンタルの影響が操作に反映されてしまう。

「――やぁぁぁぁっ！」

しかし英愛は、勇気を出して役割を果たしてくれた。炎の魔力をまとった一撃が巨大イノシシの後ろからヒットする――後ろから攻撃するのが初心者には難しいだけに、その弱点ボーナスは目に見えて大きなものだった。

7　コンボスキル

（……お、おいおい……！）

なんだそれは、と言いたくなる――英愛が振りかぶった木の枝に付与したのはレベル１の攻撃魔法『フレイムルーン』で、ゲーム内のステータスではそこまでの威力は出せない。

そのはずが、英愛が枝を振って繰り出す一撃は、俺が想定した火力を明らかに大きく上回っていた。

《エアとレイトのコンボスキル『リンクブースト』発動》

「――グモォォォオォッ!!?」

『草原の暴走者』が大きく怯《ひる》む——ライフゲージが表示されて、少ししか減っていなかったライフが目に見えて減り、全体の八割近くになる。

「お兄ちゃん、これって効いたのかな……っ」

「ああ、かなり効いてる！　そのまま逃げていい、ダメージは十分だ！」

「で、でもお兄ちゃんがっ……！」

「俺は大丈夫だ！　戦闘不能になってもホームに戻るだけで済む！」

エアに手柄を上げさせるために、俺が攻撃を引き受ける——戦闘不能で離脱すると報酬《ほうしゅう》は半分になるが、レイドボス討伐参加で分配される報酬は受け取れる。

「——だめ、お兄ちゃんも一緒に……っ！」

しかし、俺の考えをエアが受け入れるかは別問題だった——エアは逃げようとせず、再び巨大イノシシに向かっていこうとする。

（そうなるか……だが、もう一発だけでも……！）

《レイトが攻撃魔法スキル『ウィンドルーン』を発動》

ターゲットを英愛に切り替えた直後、再び後ろを見せた『暴走者』に向けて魔法を撃ち込む——だが、これで俺のオーラは打ち止めだ。

「ブモォォォォオッ‼」

怒りをみなぎらせて振り向いた巨大イノシシが、突進のために力を溜める――そのチャージ時間は一瞬といっていい。

『――諦めるな、レイト！』

（っ……‼）

声がする――ソウマの声。俺を鼓舞する、いつもの柔和《にゅうわ》な彼からは想像もつかないような勇ましい声。

一瞬の体感が、俺の中で数秒にまで拡張される――集中が限界を超える。

オーラは尽きているはずだった。

数値的にはゼロだ、デスゲームの頃だったら昏倒《こんとう》している。しかし、オーラがゼロになることとライフがゼロになることの意味は全く違う。

《レイトとエアのリンクボーナス発生　ＯＰ回復》

ライフがあればまだ戦える――できることがある。回復したわずかなオーラを振り絞《しぼ》って、生き延びる。

（――『止まれ』っ‼）

《神崎玲人が特殊魔法スキル『デルタラウド』を発動》

両手の人差し指と親指を合わせて三角形を形作り、それを呪紋《ルーン》とする――効果はただ、大きな破裂音を起こすだけ。

「ブモォッ……!!?」

イノシシは大きな音に怯む――ただの音なので慣れてしまうと効かなくなるが、最初の一回だけは聴覚のある多くの魔物にも有効だ。

「――お兄ちゃんっ！」

走ってきた英愛が俺の手を引く――俺たちは振り返らずに一目散に草原を駆け抜ける。

「うぉぉぉぉっ……!!」

「っ……！」

《草原の暴走者の領域から離脱しました　60秒ごとにスコアが減少します》

もはや言葉もない――俺たちと入れ替わりでやってきたプレイヤーたちが、草原の暴走者と戦闘を始めている。俺たちは完全にターゲットを外れ、逃げ切った。

「……助かった……のか？」

「……ふふっ。あははっ……」

英愛は無事に逃げられた安堵《あんど》からか、楽しそうに笑い始める――俺も笑いたい気分だが、ちょっと全力で動いただけで体力が減り、満足に動けもしない。

「お兄ちゃん、物凄《ものすご》く必死だからびっくりしちゃった」

「笑わば笑え……俺もやっぱり、戦闘不能にはなりたくないんだ」

「うん、私も。ゲームだから、やられちゃっても大丈夫なんだよね。でもいざとなったらお兄ちゃんが心配になって……」

「ゲームを続けていくと、一度も死に戻り《リスポーン》しないってのは難しいかもしれないけどな」

「それでも、お兄ちゃんが危ないときは私が守るよ。お兄ちゃんも守ってね」

「そうだな……ありがとう、英愛」

「どういたしまして。私はお兄ちゃんの言う通りにしただけで、何もしてないけど」

そんなことはない、諦めていたらリンクボーナスが入ったことに気づかず、スキルは使えなかった。英愛が声をかけてくれたから、もう一歩踏ん張ることができた。

それにしても『コンボスキル』というのは初めて見た――ゲーム特有のシステムなのだろうか。ここぞという時に発動したので、ゲームを盛り上げるための要素として盛り込まれているシステムかもしれない。

「じゃあ予定通りに、あとはレベルアップして終わりにしよっか」

「あと五分待ってくれ……回復魔法が使えるようになるから」

オーラが時間経過で少し回復するまで待ち、『ヒールルーン』を使って体力回復する。

そしてネオシティ正門に戻ろうというときに、ナビのメッセージが流れた。

《レイドボス『草原の暴走者』が討伐されました！》
《延べ討伐参加人数は184人です　今回は参加を見送られた方も、次回はぜひご参加ください》

184人――このネオシティ近辺からスタートしたプレイヤーは少なくとも数千人近くにはなりそうなので、それを考えると小規模だが、最初のレイドボスはこんなものだろうか。βテスト中は出現頻度《ひんど》も高いだろうが、次回は俺たちが参加できないということもあるだろう。

「184人もあの大きいイノシシと戦ったんだ……すごーい」

「俺たちもそのうちの二人だな。さて、どれくらい貢献できたか……」

《今回のMVPは　レイト　エア　のパーティです》
《総ダメージ割合は22・3%　離脱によるスコア減少により18・4%となります》
《おめでとうございます！　参加された方々には後ほどメールで報酬を送付いたします》
「私たちの攻撃って、そんなに効いてたんだ……お兄ちゃん、MVPだって」

「英愛もな。コンボスキルっていうのが出たのは大きかったな、あれで一気にダメージを稼《かせ》げた」

あまりに強すぎると弱体化《ナーフ》される可能性もあるが、それも含めてのβテストだろう。

「……ん、メールが来てる。これが報酬か？」

「私の方にも来てるよ。これって……猪の着ぐるみ？」

「俺は兜《かぶと》だな。使えるなら装備したいが……」

ナビに頼んでメールを開いてもらい、アイテムを受け取る――すると、猪の頭を象《かたど》った兜が出てきた。今回のアイテムは鑑定済みで受け取れるらしい。

《暴走猪の兜　レア度★★★　ダメージ軽減２％　体力＋10　魅力－10　ダッシュ》

《暴走猪のスーツ　レア度★★★　ダメージ軽減３％　体力＋10　獣の匂《にお》い》

「……獣の匂いって、女の子が着てもいいのかな？」

「ははは、まあゲームだからな。いかにリアルでも獣の匂いはしないぞ。獣のふりをして敵の目をごまかせるスキルだよ」

「装備でもスキルがつくの？　じゃあこの『ダッシュ』は？」

「走るのが10％速くなって、疲れにくくなる。どうする？　両方英愛が装備するか」

「ううん、お兄ちゃんが着ていいよ。私なんかにこの装備はもったいないよ」

「遠慮《えんりょ》しなくていいぞ、ダメージが減って体力が上がるなんて最高じゃないか」

まだβテストが始まったばかりなので貴重な装備を、どうぞどうぞと押し付け合う——結局ジャンケンで決めることになったが、俺だけが猪の兜をかぶることになり、英愛が受け取った着ぐるみはしかるべき時に装備するということで決着した。

◆◇◆

ネオシティの天導師《レベルマスター》はレベルを上げるためのクエストを提示してきて、それがチュートリアル的に町の中を歩き回る必要があるものだったので、クエストを受けたところで今日はログアウトすることにした。

「猪マスクのお兄ちゃん、すごくあやしかったね」

「かぶらせておいて……俺が次にいい装備を見つけたら、英愛がかぶってもいいんだぞ」

「……いいの？　私がお兄ちゃんと同じマスクしても」

「ゲームだし、男女兼用だから問題ないぞ」

「じゃあ『ダッシュ』できるようになったら、お兄ちゃんを後ろから追いかけ回そうっと。お兄ちゃんの弱点も後ろ側かな？」

「っ……せ、背中はやめろ、くすぐったい」

そんな反応をしたせいで、英愛はやたら嬉しそうな顔をする——妹の部屋からいかに脱出するか、今日最後の戦いの始まりだった。

５５０：ＶＲ世界の名無しさん
レイドボスのＭＶＰ報酬って判明した？

５５３：ＶＲ世界の名無しさん
いきなり咆哮《ほうこう》でスタンして何もできずにライフ溶けたぞ
イノシシ攻撃力高すぎ

５５８：ＶＲ世界の名無しさん
初期拠点オールドシティだけど、うちの近くに出た猪は
ＭＶＰスコアが８％だって　他のとこもそれくらい？

５６３：ＶＲ世界の名無しさん
イノセントシティだけど、10・３％って聞いたよ
１割いけば取れる感じ？

５７０：ＶＲ世界の名無しさん
12％いけばＭＶＰ確定っぽいよな

俺の火力じゃ1%しかいかねーよ　弱点とかあんの？

573：VR世界の名無しさん
テスト参加してた奴の話だとケツらしいよ
お尻追いかけ回してたら後ろ脚で逝《い》ったけど

580：VR世界の名無しさん
10・3%？　やべー

588：VR世界の名無しさん
＞＞580
やべーって何が？　まさかチーター？

592：VR世界の名無しさん
ネオシティだけど、MVPスコア18%超えてたぞ
まだジョブチェンもしてない女プレイヤーで、
背面からの攻撃でなんか火噴いてた

５９７：ＶＲ世界の名無しさん
＞＞５９２
ヒェッ

６０１：ＶＲ世界の名無しさん
＞＞５９２
そんなんチートや

６０８：ＶＲ世界の名無しさん
【急募】ネオシティ近辺の猪装備してる変態見学ツアー

６１３：ＶＲ世界の名無しさん
＞＞６０８
女の子だぞｗ

６１７：ＶＲ世界の名無しさん
＞＞６１３
正直結婚したい

第二章

1　電流

雀《すずめ》の鳴く声が聞こえてくる。カーテンの隙間《すきま》から差し込んだ朝の光の中で、目を覚ます——目覚ましは鳴っていないので、どうやら鳴る前に目が覚めたらしい。

（……なんでこうなってるんだっけ？）

「すー……すー……」

隣で寝ているのは英愛《エア》——シングルベッドに二人で寝ると多少身体《からだ》が痛くなるが、それは俺が壁に張り付いて寝ていたからだ。

ゲームを終えて英愛の部屋を出ていき、自室で今日の緊急警報について何か情報が出てないかとニュースサイトを見ていたところ、コンコン、としおらしくドアが叩かれた。

『……お兄ちゃん……』

ドアを開けるとそこには英愛が立っていて、何か言いたげにしている。

怖くて一人で入れないからと、一緒に風呂に入った時点で分かってはいたのだが——寝る時に自室で一人になったら、また不安になるのではと心配してはいた。

『あ、あのね……一人で寝ようとしたんだけど、電気を消せなくて。暗くないと寝られないし、どうしようかなって』

これで「そうか、頑張れ」と送り返すほど、クールな兄ではなかった。「チッ、しょうがねえなあ」などとは言ってないが、仕方ない空気に流され、壁と一体化して寝ることになったわけだが――。

「……お兄ちゃん……もっと……」

妹は何を求めているのか――その手が動き、俺のシャツをわし、と摑《つか》んでくる。見ている夢の内容によっては由々《ゆゆ》しき事態だ。

「……麺《めん》がのびちゃう……もっとガッと……」

どうやら先日行ったラーメン屋の話をしているらしかった。味もそうだがボリュームが唯一無二の評価を受けている店なので、妹の言う通りガッと食べないと次のお客さんを待たせてしまう。

「こんな顔して大盛り好きって……イメージ的にいいのか」

「……ふにゃ。あ、お兄ちゃんおはよう」

「っ……お、起きるのはいいけど、ボタンはしっかり留めてだな……っ」

「んー、ありがと……」

英愛が身体を起こした拍子に、寝ている間に乱れた襟元《えりもと》が危うくなる。無防備に目をこすったあと、英愛はしばらくぼーっとしてから、パジャマのボタンを留め始めた。

「あ……ご、ごめんねお兄ちゃん、ちょっと目閉じてて。寝てる間に下が脱げちゃった」

「わ、分かった、俺は何も見てないからな」

脱げたってどこまで何が——と聞くよりも、腕で顔を覆《おお》う。普通に考えればパジャマの下を寝ながら脱いでしまったということだろう。

「ごめんね、いつもは違うパジャマ着てるから、こんなことないんだけど」

「じゃあ、そっちのパジャマにした方が良かったんじゃないか？」

「そっちの方はワンピースだから、めくれちゃうでしょ」

「まあ多少めくれても、家族なら別に……」

言いかけたところで、ギシ、とベッドが軋《きし》んだ。目を隠す腕をずらしてみると、英愛がベッドに身を乗り出し、俺の方に垂れそうになる髪をかきあげながらジッと見つめてくる。

「家族でも、見られて大丈夫なのはお母さんだけだよ。お兄ちゃんは駄目、恥ずかしいから」

「……中学生が一人で寝れないっていうのは？」

「それはいいの」

短い返事だけで押し切ると、英愛は先に部屋から出ていこうとして、もう一度振り返る。

「……一つお願いがあるのですが、よろしいでしょうか、お兄様」

「急にめちゃくちゃ敬語になるな……お願いって？」

「今日も一緒に寝たいのですが、お兄ちゃんは狭くて辛《つら》かったりしないですか」

「正直を言えばちょっとは辛いが、英愛が寝れないよりはいいな。ゆうべはよく寝られたか？」

「うん、めっちゃ良く寝られた。美味《おい》しいものを食べる夢見てね、お兄ちゃんも一緒で楽しかったよ」

俺もまたラーメンが食べたくなったというのは言わずに、妹を送り出す。

「……ん」

妹が寝ていたところに、銀色の髪が一本落ちている。ペットを飼っていることを身体についた毛で知られるがごとく、妹と寝ていることが油断したらバレてしまわないか——なんて詮無《せんな》きことを少しだけ心配しながら、ベッドを整え直した。

◆◇◆

家を出てしばらくしたところで道が分かれ、英愛と別れて高等部校舎に向かう。

校門のところに見覚えのある二人の姿がある——黒栖《くろす》さんと雪理《せつり》だ。

「おはようございます、玲人《れいと》さん」

「おはよう、玲人」

「二人ともおはよう。何かあった？」

「いえ、ここで一緒になったので、玲人さんを待っていようって……そうしたらちょうど、坂を上がってくる玲人さんが見えたんです」

二人とも、俺が駐輪場に向かおうとすると一緒についてくる——話したいことがあるというなら、遠慮《えんりょ》することもないだろうか。

「玲人、昨日の夜だけど……何かゲームをしてたって言ってたわね」

ゲームを終えて部屋に戻り、ニュースサイトを見る前に、雪理から連絡があった。入院したウィステリアはまだ目を覚ましていないが、意識が戻りそうではあるとのことだ。

その時に『アストラルボーダー』をプレイしていたことを雪理に伝えたが、彼女も少し興味を持ったようだった。

「ああ、『アストラルボーダー』っていうんだけど。最近の新作ＶＲＭＭＯの中じゃ、良くできてるって言われてるな」

「ＶＲＭＭＯ……うちの学園では特異領域《ゾーン》に入って実習しているけれど、ＶＲシステムを使うことも検討《けんとう》されているらしいわね。ＶＲＭＭＯとも共通する技術が使われているとか」

「ゲームで訓練ができるんですか？　本物の魔物と戦わなくてすむので、それだと安全ですね」

「そうね、強い魔物との模擬戦《もぎせん》もできるでしょうし。けれど、やはり私たちの学園は実践《じっせん》を重んじているから、ＶＲはあくまで補助的なものになるんじゃないかしら」

二人の話を興味深く聞きつつ、クロスバイクを停める。そして正門前広場に戻ってきた。

雪理は討伐科《とうばつか》なので、ここで俺たちとは別行動だ——と思ったのだが。

「玲人、今日の放課後だけど……改めて、討伐科に来てくれる？　昨日の緊急警報があったから、人が集まれるか分からないのだけど、交流戦メンバーの顔合わせをしておきたいから」

「ああ、俺はいつでも大丈夫。黒栖さんはどうする？」

「はい、私は玲人さんのバディですから。玲人さんが出席するなら、私も一緒です」

黒栖さんが悪気なく言う――だが、そこで俺に電流が走る。

（雪理も俺とバディを組んでるっていうのは、まだ黒栖さんに言ってなかったが……いや、普通に言っていいはずだが、何だかとても言いにくいぞ……！）

「……正式なバディは黒栖さんだけど、私も彼のバディとして登録してあるの」

「そ、そうなんですか？　玲人さんと、折倉《おりくら》さんがバディを……」

なぜ、ここでその話題にいくのがはばかられたのか――言うまでもない、登校中の生徒の目に触れるからだ。

「お、おい……今の聞こえたか？」

「あの孤高のプリンセスといわれた雪理様が……二人目のバディ……？」

「うらやまけしからん……大人しいタイプの第一位と、可憐《かれん》タイプの第一位を独占だと……!?」

「誰か、誰か助けてください！　ここに生かしてはおけない奴がいます！」

「雪理お姉様を二人目の女扱いだなんて……じゃあ私は何人目なの……？」

思わず天を仰《あお》ぎたくなる――やはりバディというと、そういう想像をされてしまう。

「……隠しておいた方が良かった？」

「いや、それは俺の甲斐性《かいしょう》の問題だから……なんとかなるよ」

「そう……困ったことがあったら相談してね、私にも責任があるから」

そんなに優しくされると、ますます生徒たちの嫉妬《しっと》の炎が——と、気にしすぎていてもいけないのだが。まだ、この羨望《せんぼう》の視線を受け止めることには慣れない。

「すみません、私が玲人さんのバディと言ったので、折倉さんも……」

「別に張り合っているわけじゃないのよ、事実は事実だから。じゃあ、また放課後にね。お昼にうちの校舎に来てくれてもいいのよ」

「あ、ああ。また後で……」

雪理が討伐科の門に向かって歩いていく——生徒たちが綺麗に両サイドに分かれて道を作っており、坂下《さかした》さんと唐沢《からさわ》が合流していつもの三人組が形成される。

「お昼も折倉さんと一緒ですね、玲人さん」

確定事項のように言う黒栖さんも、かなり大物なのかもしれない——落ち着くべきは俺の方だと反省しつつ、二人で教室に向かった。

2　反響

朝のホームルームで武蔵野《むさしの》先生が出席を確認したとき、何人かが家のことを心配されていた。

家の周辺に魔物が出て、一部の建物に被害が出ているという。

「南野《みなみの》さんは大丈夫だった？　マンションの設備に被害が出たと聞きましたが……」

「はい、家に帰ったら電気が使えなくなっちゃってて、友達のところに泊めてもらいました。さっきママから電話があって、もう復旧したみたいです」

「それは良かったですね。先生も緊急時の対応はしていますので、困ったことがあったら連絡してください」

魔物の出現自体にはやはり皆は慣れていて、大きく動揺《どうよう》したりということはない。

昨日は討伐隊や一部の学生、教員が魔物の撃退に出て、構内に被害が出ることはなかった。風峰《かざみね》中学校でも人的被害は出ていない――しかし市内全域でゼロというわけにはいかなかった。

「あなたたちはこの学園で魔物に対する対処を勉強しますが、昨日のような事態が起きたとき、魔物に立ち向かわなければいけないわけではありません。もし魔物に遭遇《そうぐう》しても、基本的には自分の安全を第一に行動してくださいね」

武蔵野先生は眼鏡《めがね》の位置を直しつつ、俺の方を見る――灰島《はいしま》先生から、俺が昨日外に出ていたことが伝わっているようだ。

「……こほん。神崎《かんざき》君、ホームルームが終わったらちょっとお話があります」

「はい」

素直に返事をするが、やはりクラスの注目が集まっている。何故呼ばれているのかも、みんな察しがついているだろう。

「玲人さん、きっと先生も事情は分かってくれていると思います」

隣の席の黒栖さんが小声で言う。初対面の頃からすると、彼女もかなり落ち着いてきた。こんなとき、俺以上に動揺してしまったりするのが彼女だと思っていたが。

「ありがとう。行ってくるよ」

「はい、玲人さん。ファイトですっ」

先生と戦うつもりはないのだが、どんな話をされるか——やはり外に出たのはルール違反と、お叱《しか》りを受ける可能性も否《いな》めないだろう。

◆◇◆

廊下《ろうか》で待っていた先生に連れていかれたのは、相談室だった。『生徒指導室』のようないかにも怒られそうな場所ではないので、少々安堵《あんど》する。

先生は扉を閉めて、俺にソファに座るように勧めた。対面に先生が座り、しばらく膝の上で組んだ自分の手を見ていたが、そのうち意を決したように顔を上げる。

「灰島先生から、昨日のことは聞きました。神崎君、討伐隊の綾瀬《あやせ》さん……綾瀬隊長から、お話があったそうですね」

「すみません、質問に質問を返すようですが……俺が昨日何をしていたか、武蔵野先生はどれくらい聞いていますか」

先生はぱちぱちと瞬きをして、すぐに言葉が出てこずに、ただ俺の顔を見返す。

「……聞いた通りのことをそのまま信じるなら……神崎君が討伐隊にスカウトされるくらいの功績を上げたと、そう報告されました」

「俺は討伐隊には行かないと、そう綾瀬さんに答えました」

「あなたの実力を考えれば、学園で教えられることはもうないのかもしれないって……せっかく退院して通学できるようになったのに、もうお別れなんて、先生として何も教えられない不甲斐《ふがい》なさに……え？」

先生は俺が討伐隊行きを前向きに考えているように思っていたようで、かなり先のことまで彼女の中で話が進展してしまっていたようだ。

「俺は学園の先生方に教わることがまだ沢山《たくさん》あると思ってます。討伐隊に入らなくても、魔物の対処に関してできることはしたいと思ってます」

「あなたの実力は、一年生の……いえ、三年生まで含めても抜きん出ているのよ？　それどころか、その、言いにくいですが私たち先生よりも……実技の日向《ひゅうが》先生も、そう仰《おっしゃ》っていましたし」

「実は、討伐隊の人と一度話がしたくて交流戦で結果を出したいと思ってたんですが……今の時点で、その目的は達成できてしまいました。でも、学園に復帰したばかりですから、まだ武蔵野先生のクラスにいさせてもらえませんか」

「っ……そ、そんな、私のクラスでいいのかって、昨日からずっと悩んでいて……」

「すみません、ご心配をおかけしましたが、俺の考えはもう決まってます」

それでも先生が俺を討伐隊に推薦《すいせん》したいという話になったらどうするか——そう思ったが、先生は眼鏡を外し、ハンカチで目元を押さえる。

（な、泣かせてしまった……先生を。こういう時、どうすれば……）

「先生が、考えすぎていたみたいですね。神崎君が私のクラスにいたいと思ってくれたこと、それを後悔《こうかい》させせないように頑張らないと」

「俺も頑張ります。これからも色々なことをやるとは思いますが、ご迷惑はかけないようにするので、先生は心配せずにいてくれれば有り難いです」

「これからも……また、災害指定個体を倒したりしてしまうんですか？　そんなことが続いたら、この街のヒーローどころか、世界的に有名になってしまいますよ」

「そういう強い魔物が出ないに越したことはないですが。被害も出てますし」

「そうね……クラスの皆のご家族にも、負傷した方がいらっしゃるから。でも、神崎君がしてくれたことで、とても被害は少なくなった。特に附属中学校であなたのしてくれたことは、表彰なんかじゃすまないくらいです」

「そ、そうですか……お手柔らかにお願いします」

あまり目立つのは得意ではないが、全校表彰はどうやら避けられないらしい。

「神崎君は、私のクラスの誇りです。これからもよろしくお願いしますね」

「こちらこそ、よろしくお願いします」

先生と握手をして、相談室を後にする。先生の足取りはとても軽い――その期待を裏切らないようにしなくてはと思いつつ、俺も教室に戻った。

◆◇◆

午前の授業が終わったところで、購買に向かう。ここで働いている、生産科の古都《こと》さんに話を聞きたかったからだ。

「いらっしゃいませ。今日はカツサンド以外になさいますか？　日替わりのパンも残り三つございます」

「じゃあ、日替わりの方で。あ、甘いやつですか？」

「今日は特製焼きそばパンです。生産科自慢のお肉が入っているんですよ」

彼女が勧めるものなら、なんでも美味《おい》しそうに見える。とりあえず焼きそばパンと牛乳を買い、その後で相談を切り出した。

「古都さん、相談したいことがあるんですが。生産科では、他の科から持ち込んだ素材の加工をやってるんですよね」

「ええ、いつでも受け付けていますよ。一年生からの持ち込みは、例年今の時期はほとんどありませんが……神崎くんは、どんな素材を持っているんですか？」

「その、あまり大きな声では言えないのですが、多くの魔物と戦う機会があって。実習で手に入った素材も含めると、色々集まってます」

「まあ……では、少し見せてもらってもいいですか？　コネクターに素材数が記録されているので、私のコネクターに近づけてみてください」

「は、はい。失礼します」

左腕のブレイサーを出して、古都さんのコネクターに近づける――すると。

《神崎玲人様の所持素材データを、古都帆波《ほなみ》様のコネクターに転送しました》

古都さんの下の名前を、そういえば聞いていなかった。帆波――その名前が、記憶に引っかかる。

（……どこかで会ったことがあるかって聞いてたよな。まさか、本当にそうなのか？）

「……凄《すご》い……」

「え？」

「い、いえ……すみません、少し交代してもらっていいですか？」

他の販売員に声をかけて、古都さんが購買部の中から出てくる。彼女は三角巾を外すと、深い藍《あい》色の長い髪をシュシュで結んでいた。エプロンもつけたままで、他の先輩と比べても大人びている。

購買部から少し離れたところに連れていかれ、古都さんは神妙な顔で切り出してきた。距離が近くて、思わず後ろに下がりそうになる。

「あ、あの、素材のデータが何か……」

「その素材は、何かに入れて運んでいるんですか？」

「はい、このナップザックに入ってます」

「こんなに貴重な素材を、そんなにラフな運び方で……いえ、運び方は自由ですが、専用の道具をお持ちいただいた方が良いですね……」

「やっぱりそうですか。俺も装備品を揃えたいと思っていて、古都先輩に相談させてもらえればと思って来たんです」

そう伝えると、古都先輩は少し驚いたような顔をしつつも、心なしか得意そうに胸をそらす。エプロンを押し上げる膨《ふく》らみが強調される——購買部の中にいるときは分からなかったが、黒栖さんに匹敵《ひってき》する人がいようとは。

「……どこを見ているんですか？」

「す、すみません、つい出来心で……っ」

「今は真面目《まじめ》な話をしているんです、よそごとを考えていては駄目です。装備の件ですが、神崎くんが持っている素材を使えば、購買部にあるものよりも強いものが作れると思いますよ」

「ありがとうございます。これを生産科に持ち込めばいいですか？」

「一度データを持ち帰って、何が作れるかをリストアップしてきます。連絡してもいい時間帯はありますか？」

「いつでも大丈夫です。必要があれば、生産科にうかがわせてください」

「はい。きっと、みんな神崎くんとお話しをしたくなると思いますよ。『ランスワイバーンの魔石』なんて、そうそう見られるものじゃありませんから」

先輩の目がキラキラと輝いているのは、生産科は素材に惹《ひ》かれるからということだろうか
――喜んでもらえたようで良かったが。

「それに、デーモンの魔石が二つも……一つは『封魔石』なんですね。こういったものがあるのを初めて知りました、興味深いです。でも、これを持っていた魔物はすごくランクが高いんじゃないですか？」

「ええと、Ｂランクみたいですね」

「そう、Ｂランク……Ｂランク……？」

先輩は固まってしまう――リストには素材を所持していた魔物のランクが出ないのか、詳細を見なければ分からないということなのか。

「……先輩、大丈夫ですか？　先輩」

「……うーん……」

「っ……せ、先輩、しっかりしてください！」

「玲人さん、そろそろ討伐科に移動しないと……た、大変っ、保健室に……っ！」

俺を呼びに来てくれた黒栖さんと一緒に、気を失ってしまった古都先輩を保健室に運ぶ。

やはりＢランクの魔物を倒したというのは、非常に驚かれることらしい――今後はもっと慎重に明かさなくてはいけない。

3　火花

古都先輩はしばらくすると目を覚まし、保健室で少し休んでいくことになった。

「すみません、お手数をおかけして……」

「俺こそすみません、驚かせるようなことを言ってしまって」

古都先輩は気を失ってしまったことを気にしているのか、少し顔を赤らめていた。

「お恥ずかしいところを見せてしまいました……先輩としてしっかりしないといけませんね。次はどんなお話をされても、倒れたりしませんので」

「無理しちゃだめよー。神崎君も気をつけてね、どんな話をしたのかは知らないけど、今度同じことがあったら先生も事情を聞きますからねー」

保健室の先生は小柄な女性で、話し方からしてゆるふわという雰囲気《ふんいき》だ。しかし真面目に釘を刺されているので、次からは気をつけないといけない。

「他の科の先輩を失神させちゃったなんて、字面《じづら》だけ広まったら大変なことになっちゃいますからねー」

「い、いえ、玲人さんはそんなことは……っ、してないですよね？」

「悪意があってしたわけじゃなくて、結果的にそうなったというか……すみません、次からは本当に気をつけます」

「よろしい。神崎君、まだお昼は食べてないの？　それならまだ時間あるから行ってらっしゃい、古都さんは私が見てるから」

「ありがとうございます、先生。神崎くん、また後で連絡しますね」

今回のことで先輩の俺に対する見方が変わったりとか、そういうことがなくて良かった。しかし気を失うほど驚かせたのは間違いないので、今後はくれぐれも自重していきたい。

◆◇◆

討伐科の校舎は冒険科とは構造が違い、一つの校舎が広く造られている。

制服のつくりを見ても思ったことだが、冒険科とは環境に格差がある——ロビーを走り回って掃除《そうじ》をしている魔法生物は討伐科でしか見ないし、ロビー中央にあるモニュメントは前のときは動いていなかったが、今は公園の噴水のように水を撒《ま》いている。

ロビーも生徒たちの憩《いこ》いの場のひとつのようで、見かけるグループごとにネクタイ・リボンの色が違っている。どうやら学年ごとに色が変わるようだ。

「同じ学園なのに、校舎の造りが全然違うんだよな」

「討伐科は冒険科より生徒が少ないんです。冒険科は一学年三百人、討伐科は二百人が定員なので」

黒栖さんがそう教えてくれる。しかし討伐隊に入るのは難しいらしいので、全員が討伐者《バスター》になるわけではなく、進路もさまざまだったりするのだろうか。

「レベル1の特異領域《ゾーン》、攻略できたか？」

「一ヶ月くらいで抜けられりゃいいって言われてるけど、結構キツイよな」

「Aクラスの生徒はもうレベル2に行った生徒もいるらしいぜ」

「やっぱ姫の班だろ、バランス取れてるしつえーもんな。模擬戦《もぎせん》でも今んとこ無敵だろ」

姫という言葉からイメージするのは、やはり雪理だ。首席の彼女が一番進度が早いというのは順当だろう。

「Aクラスってもう一つ強い奴らがいんだろ？　折倉班とまだ当たってないらしいじゃん」

「ああ、伊那《いな》さんの班な。中学のとき女帝って言われてたんだってな、県内では強かったから」

「県内二位で全国出て、二回戦敗退だっけ。でも強いよな、うちの一年じゃ」

「他の二人は無名なんじゃね？　クラス対抗戦で当たったらわかるか」

「Cクラスの俺らがAの連中とどこまでやれんのかね。まず姫に当たったら瞬殺だな」

男子生徒たちが笑い合う――彼らからすると、雪理は笑うしかない強さだということだろう。

「でもなんか、冒険科に強い奴が混じってたらしいじゃん」

「冒険科の代表そいつに決まったってほんとか？　灰島先生の授業受けた奴が聞いたらしいけど」

「まあ姫には勝てないんじゃないの？　冒険科が討伐科のエースより強いなんて聞いたことね

ーし」

すでに折倉さんと訓練したことがあるとか言ったら、彼らはどんな反応をするだろう――想像はするが、さっき自重を決意したばかりなので、何も言わずに通り過ぎる。

「玲人さん、討伐科の人たちにうわさをされていましたね」

「灰島先生が普通に話しちゃってるみたいだな……あの人が考えてることは、まだよく分からないんだけど」

「悪いことではないと思います、先生は本当に玲人さんのことを凄いと思って話しているんですよ、きっと」

「そうだといいな。黒栖さんの前向きさを、俺も見習わないと」

「……玲人さんがいなかったら、私はこんなふうになれてないです」

「そ、そうかな……」

黒栖さんは自分で言っておいて、耳まで真っ赤になっている――というより、やはり前髪が長すぎて表情が見えない。

そのうち顔を見せてくれるようになるだろうか、と思いつつ食堂に着く。雪理の姿を探すと、他の生徒と話しているようだった。

「折倉さん、今は取り込み中でしょうか？」

「挨拶《あいさつ》して悪いってことはないだろう。とりあえず、来たことは知らせておこう」

雪理に近づくと、会話が聞こえてくる――どうやら交流戦のことを話しているようだ。

「先発メンバーに、冒険科の代表を推すのはなぜですか。折倉さんは討伐科の生徒だけで組むべきとは思わないのですか」

「私は実力を見て判断するべきだと思うわ。冒険科の神崎君とは、一度手合わせをする機会があって、実力は確認しているの」

「折倉さんが確認しても、私はまだ彼をよく知りません。その、神崎君ですか？　スキルの相性次第で、限定的に強いということは？」

「今の時点で、伊那さんに彼の能力について話すことはできない。けれど、あなたの懸念《けねん》にはあたらないとだけは言えるわ」

一気に空気が緊迫する——黒栖さんが慌てているので、落ち着かせるために笑いかける。

「大丈夫、もう少し様子を見ていよう。雪理も喧嘩《けんか》がしたいわけじゃないと思う」

雪理はまだ俺たちがいることに気づいていない——そろそろ視界に入ってもおかしくないが、伊那さんたちに意識を向けている。

伊那さんと一緒にいる二人は同じ班なのだろう、男子と女子がいる。雪理の班の坂下さんと唐沢が、伊那さんの班員と視線を交錯《こうさく》させている。完全にバチバチしてしまっている状況だ。

「本当に大丈夫でしょうか……？」

「……大丈夫だと思いたいな」

雪理よりも、班員二人のほうが好戦的に見える——というより、雪理を尊敬しているからこそ、伊那さんの圧をかけるような態度に反発しているのだろう。

「折倉さんだけが神崎君の実力を知っているという状況、それはバランスが崩れています。私も交流戦メンバーとして、神崎君のことを知る機会があっても良いはずですね？」

「それは神崎君次第ね。私の一存で決められることじゃないわ」

「では、こういった形はどうでしょう。私たち伊那班と、折倉班……そして神崎君との合同で、特異領域《ゾーン》での実習をしませんか？」

「それも、神崎君の意思が大事と言っているでしょう。あなたの勝手で彼を振り回すようなことをしたら、私が……」

　雪理は俺の意思を尊重してくれている。俺としては、伊那さんが納得するのなら、合同で特異領域《ゾーン》に入る自体はかまわない。

「雪理たちと一緒に特異領域《ゾーン》に入るとしたら、黒栖さんは……」

「私も一緒に行きます。足手まといにならないように、頑張ります……っ」

　黒栖さんは即答で答えてくれる。彼女と頷《うなず》きあった後、俺は雪理たちの話に割って入った。

「その提案、受けるよ。学園内の特異領域《ゾーン》に入って訓練してみたいっていうのは、前から雪理と話していたから」

「玲人……」

　伊那さんは俺の姿を見て目を見開きつつも、すぐに落ち着きを取り戻す。金色の髪が示す属性は光や雷があるが、彼女の場合は雷だ――『魔力探知』で属性が感じ取れる。

「あなたが神崎玲人……折倉さんの認めた相手。さすが、度胸が据わっていますね」

俺のことを知らないような口ぶりだったのに、フルネームで知っている――つまり、事前に俺のことを調べていたのを伏せていたということだ。

「そういった方は嫌いではありません。強い人は強いなりの精神性を持つべきです。そうは思いませんか？　折倉さん」

「否定はしないけれど、玲人のことを気に入ったなんて、今さら言い出すつもり？」

「嫌いではないと言っただけです。私より弱いのであれば興味はありません。せいぜい楽しませてくださいね、冒険科のエースさん」

あくまで自分が勝てるという自信があるのか、伊那さんは悠然《ゆうぜん》とした態度で、班員を連れて立ち去った。

雪理はふう、とため息をつく。俺は黒栖さんと一緒に、彼女の向かい側に座る――坂下さんと唐沢も移動してきて、雪理の側の席に座った。

「ごめんなさい、伊那さんがあなたのことを疑っているものだから、つい大人気《おとなげ》ない態度を取ってしまって……」

「いや、俺のことで怒ってくれたのなら、それを謝ることはないよ。むしろ、お礼を言いたいくらいだ」

「……お嬢様、良かったですね。神崎様はやはり、お嬢様のお考えを理解していらっしゃいます」

「何を言ってるの、坂下……唐沢も思わせぶりに眼鏡《めがね》の位置を直すのはやめなさい」

「神崎君……いや、神崎の言うべきことをしっかりと言える胆力《たんりょく》は、僕も見習いたいところです」

「わ、私もそう思ってます。玲人さんみたいに、いえ、玲人さんの百分の一だけでも、落ち着きのある人になれたらって」

「そんなに持ち上げられてもだな……そうだ、昼を食べてもいいかな。購買で特製焼きそばパンを買えたんだ」

「っ……そ、それは週に一度しか売られていない、冒険科購買部限定の焼きたてコッペポーク焼きそばパン……！」

「唐沢はＢ級メニューというものに目がないの。あまり気にしないであげて」

期せずしてレアアイテムをゲットしていたらしいが、唐沢の目の前で焼きそばパンを頬張《ほおば》る──黒栖さんも持参した弁当を広げて、ようやくランチの時間が始まった。残り時間が少ないので、それなりに急ぐ必要はあったが。

４　洞窟

放課後に改めて討伐科を訪れた俺と黒栖さんは、雪理たちに案内されて特異領域《ゾーン》に向かった。

風峰学園において、討伐科の管理下に置かれた特異領域《ゾーン》は三つあり、『平野』『洞窟《どうくつ》』『市街』の順に難度が上がっていく。

『平野』ではランクG、『洞窟』ではF、『市街』ではEまでの魔物が出現するらしい。『平野』は冒険科の管理しているものと難度が同じだ。

「『市街』って、特異領域《ゾーン》が街に発生したってことなのかな」

「いいえ、中に足を踏み入れたときの光景が、市街地のように見えるかららしいわ」

「そこが一番難しいんですか？　『洞窟』の方が難しそうなイメージがあります」

「特異領域《ゾーン》の地形と、出現する魔物の強さに相関性はないわ。それに、『市街』は魔物が隠れるところが沢山《たくさん》あるのも難度が高い理由でしょうね」

「射線の確保が難しいので『市街』は厄介《やっかい》ですね。そういった地形に対応するためにもスキルや武器を工夫《くふう》する必要があります。地形によって役立たずということにもなりかねないのでね」

「これから入る特異領域《ゾーン》は『洞窟』になります。あの森の中に入ってしばらく進むと侵入するようですが……伊那さんたちはもう入っていったようですね」

ランクFの魔物なら、ランクGが楽勝なレベルの三人パーティなら負けることはないと思う。しかしステータスを確認する手段がないので、実際の戦いを見て強さを判別することしかできない。

レッサーデーモンはランクEで、雪理が正面から渡り合えることは確認している。しかし、一人で仕留めきれるところまではいっていない――俺の見立てだと、雪理の強さはレベル20くらいだろうか。

場合によっては格上の魔物を討伐できそうなほど、彼女の固有スキルは強力だ。しかし伊那さんたちが固有スキルを持っていないなら、その強さは順当にレベル20未満に相当するということになる。

「まあ、見てみないとわからないか……」

「私も伊那さんの班と模擬戦《もぎせん》をしていないから、彼女の強さを肌で感じてはいないわ。けれど、強いということはわかる。女性で三節棍《さんせつこん》使いというのも珍しいわね」

「三節棍か……純粋な打撃武器なら、相性によっては倒せない魔物もいるぞ」

「それを補《おぎな》うのが彼女のスキルと、班員二人ということでしょう。私達も気を引き締めてまいりましょう」

坂下さんは前衛として、率先《そっせん》して前を歩いていく。討伐科校舎から東にある森、その中に足を踏み入れてしばらく経つと、周囲が霧に覆《おお》われ――さらに進むと、風景が切り替わった。

《特異領域《ゾーン》に侵入しました　風峰学園洞窟　フロア1《ワン》　オートリジェクト可能》

先に入って待っていた伊那さんは、他の班員と共に武装を整えた状態だった。

伊那さんは動きやすいような訓練服を着ていて、胸にプロテクターをつけている。金色の髪にカチューシャをつけているが、それも防護機能があるもののようだ。

他の班員は三つ編みの女子が双剣――ツインダガーを持っていて、寡黙《かもく》そうな男子はアサルトライフル型の銃を持っている。実弾を撃つものではなく、魔力を込めて撃つもののようだ。

　前衛二人が射手となると、雪理の班と同じく攻撃的な布陣だ——それもあって、伊那さんのライバル意識が強いのかもしれない。

「ちゃんと来ましたね。あなたのそういう律儀《りちぎ》なところは好きですよ、折倉さん」

「私たちも、元から特異領域《ゾーン》で訓練しようと思っていたのよ。それで、これからどうするの？」

「他の班がいるところでは邪魔が入りますから、こちらの経路でフロア2《ツー》に向かいます。魔物が出現したら、その時はそれぞれ自由に戦いましょう」

「分かったわ。あなたたちから先に行く？」

「いいのですか？　あなたたちが戦う魔物が残らないかもしれませんよ」

「それだけ自信があるということね。期待しているわ」

　雪理も一歩も引かず、そんな二人を見て黒栖さんが戦々恐々としている——それはそうだ、二人の張り合いを見ているとこちらまでハラハラする。

　しかし当の雪理が落ち着いているので、坂下さんと唐沢も挑発に乗ることなく冷静だった。やはり雪理はこの班の精神的支柱だ。

「では、続けて私が先行します」

「坂下さん、ちょっといいかな。物陰に潜んでる魔物の奇襲を防ぐスキルっていうのがある」

「そ、そのようなものが……どうやって使うのですか？」

《神崎玲人が強化魔法スキル『ディテクトルーン』を発動》

　奇襲確率を低減するスキルだが、これを使うと第六感のようなものが働く――エスパーというか、強化人間になったような気分になれる。奇襲を感知して反撃するのは存外に爽快《そうかい》なもので、パーティの皆にも好評だった。

「拳に紋様が……これが神崎様のスキルの効果なのですか？」

「この文字が浮かんでる間は、奇襲を察知できる可能性が上がります」

「玲人は器用というか、本当になんでもできるのね……私にも使ってもらえる？」

「一人に使うと、パーティ全員に効果があるんだ。使ってる間オーラを消費するけど、それは問題ない」

「神崎はやはり、オーラの量が桁違《けたちが》いに多いんだな……どうやって鍛えられるものなんだ？」

「鍛錬あるのみ……かな。俺も説明しにくいんだけど、魔物と戦ったりすることで経験を積めばレベルが上がる。そういう感覚かな」

「ゲームのようだな……そうか、討伐隊で行われているという、能力の数値化。それでレベルが分かるようになるということか」

　俺は自身のステータスを見ることはできるようになり、ある程度任意でスキル振りもできるようになった。

　どうやら、俺は『現在より高いスキルレベルが必要になったとき』にスキル振りができるらしい。スキルポイントが尽きてしまえばそれまでだが、すでに高レベルの魔法スキルを取得しているので、そうそうポイントが足りなくなるほど一気にスキル振りをすることはないだろう。

「あの、玲人さん……」

「そうだ、スキルを使えるようにしておかないとな。みんな、少し離れてくれるかな」

《神崎玲人が強化魔法スキル『マキシムルーン』を発動》

「っ……準備ができたみたいです」

「よし。じゃあやってみようか」

「はい、いきますっ……『転身《オーバーライド》』っ！」

《黒栖恋詠《こよみ》が特殊スキル『オーバーライド』を発動》
《黒栖恋詠が魔装形態『ウィッチキャット』に変化》

黒栖さんの足元から生じた光の輪が、彼女の身体《からだ》を包み込み――着ていた訓練服が、黒い魔力で強化される。

猫耳に尻尾《しっぽ》、そして猫の手。果たして雪理たちの反応は――と思ったが、想像していた以上に好意的なものだった。

「……そのような可愛《かわい》らしい装《よそお》いになるスキルがあったのですね」

「坂下、興味があるの？　私は可愛いと思うけれど、自分がしたいとまでは思わないわ」

「お嬢様、それでは興味があるとおっしゃっているようなものでは……いや、幸せものだな、神崎は」

「あ、あの、これは戦いに備えての準備なので……っ」

黒栖さんが慌てて説明しようとしたところで――洞窟内に轟《とどろ》くような声が聞こえた。

「――グルルォォォォッ‼」

「この魔物……っ、どこから……社《やしろ》、木瀬《きせ》、展開して囲むわよ！」

「了解ですっ……！」

「……‼」


《プラントガルム３体と遭遇《そうぐう》　伊那班　交戦開始》

「プラントガルム……まずい、こいつは……っ！」

名前を聞いただけでもぞっとする――ランクＦの魔物にも含まれる、できれば相手をしたくない敵。しかしスキルのおかげで先制されることは避けられた。

「私たちも急ぎましょう……っ！」

「先行した伊那班も交戦を開始してる、気をつけてくれ！」

「――来ますっ！」

先行した伊那班をわざと見逃した、魔物の群れ――岩陰から姿を見せたそれは、大型の犬のような魔物だった。

この犬の背中に生えている植物の蕾《つぼみ》のようなものが、場合によって悲惨《ひさん》な事態を生む。近接メンバーがその餌食《えじき》にならないよう、俺は敵の動きに注視して警戒を強めた。

5　擬態

《プラントガルム3体と遭遇　神崎ペア　折倉班　交戦開始》

岩陰から飛び出してきた犬に、雪理と坂下さんは率先して向かっていこうとする――しかし。

「雪理、坂下さん、左右に散開してくれ！」

「っ……！」

「――了解しましたっ！」

俺とプラントガルムでは、速さのステータスに大きな差がある。集中すれば動きは非常に遅く見えるが――一人で吹き飛ばしてしまうよりは、仲間たちに奴らの攻略法を教えておきたい。

まず『生命探知』で三体の犬を見る――それらは三体とも『違って』見える。生命反応の強い場所が、犬の身体と背中に生えた植物のどちらかに分かれているのだ。

《神崎玲人が強化魔法スキル『マルチプルルーン』を発動》
《神崎玲人が弱体魔法スキル『スロウルーン』を発動》
　スロウルーンの対象を三体に拡張して低速化する。動いている的《まと》を狙うのは難しいが、ここまで遅くなれば狙撃の難易度が大きく下がる。
「唐沢は奥の一体、黒栖さんは手前のどちらか、犬の背中に生えてる植物を狙ってくれ！」
「了解……っ！」
「い、いきますっ……！　『ブラックハンド』！」
《唐沢直正《なおまさ》が射撃スキル『スナイプショット』を発動》
《黒栖恋詠が攻撃魔法スキル『ブラックハンド』を発動》
　唐沢の放った一撃は、正確にプラントガルムの背中の植物を射貫《いぬ》く――黒栖さんもよく狙ってくれたが、植物ではなく犬の胴体に命中した。
「っ……すみません、外して……っ」
「大丈夫だ！　雪理、坂下さん、犬の方を攻撃してくれ！」
「――はぁぁっ！」

「ふっ！」

《折倉雪理が剣術スキル『ファストレイド』を発動》

《坂下揺子《ようこ》が格闘術スキル『輝閃蹴《きせんしゅう》』を発動》

「「ギャウンッ……!!」」

手前の二体は、犬のほうに生命反応があった――つまりプラントガルムは、植物と犬のどちらかが本体で、片方は擬態した部分でしかない。

Ｆランク相応の強さなので、弱体化をかければそこまで手強《てごわ》くはない。だが植物の方が本体であった場合、厄介《やっかい》な特殊攻撃を使ってくる。

「玲人、まだあの植物が動いてる……っ」

「お嬢様、私がとどめを刺します！」

「――二人とも、待ってくれ！　今攻めると反撃される！」

唐沢が撃ってダメージを与えたかに見えた、奥の一体――犬の背中に生えていた植物は千切《ちぎ》れ飛んでいたが、何本もの蔦《つた》を伸ばして地面から浮き上がり、まるで手のように伸ばした蔦から牙の生えた葉を展開する。

《プラントガルムが攻撃スキル『デビルリーフ』を発動》

「っ……意外に速いわね、植物なのに……っ」

雪理に向かって、牙のついた葉が迫る――しかし『スロウルーン』が効いていれば、かわせないスピードではない。

「食虫植物ならぬ、食人植物ということか……」

「一度攻撃しただけじゃ絶対に倒せないんだ。だから、倒したと思って近づくと痛い目に遭《あ》う
……俺の魔法でも一回は必ず耐える」

「玲人の魔法に耐えるなんて……レッサーデーモンでも一撃で倒してしまうのに」

「まあ、形態が変化したあとは近づかずに倒すだけだ」

《神崎玲人が攻撃魔法スキル『フレイムルーン』を発動　即時発動》

かざした手の先に浮かび上がった呪紋《ルーン》から、炎弾が放たれる。プラントガルムの本体だった植物は一気に燃え上がり、ドロップした魔石の欠片《かけら》が地面に転がる。

「――きゃぁぁぁっ！」

先行した伊那班の班員の声が聞こえてくる――やはりプラントガルムの罠《わな》にかかってしまったらしい。

「玲人、急ぎましょう」

「ああ……向こうが誘ったからには、対処できると思ったんだけどな」

「彼女たちも、この特異領域《ゾーン》に入るのは今日が初めてでしょう……そして、出現する魔物も必ず同じというわけではありません」

「──玲人さん、あそこですっ！」

生命探知で察知はしていたが、『転身』すると暗いところでも視界が利《き》くようになるらしく、黒栖さんが知らせてくれる。

《プラントガルムが『デビルリーフ』を発動中　社奏《かなで》が拘束《こうそく》状態》
《プラントガルムが『デビルリーフ』を発動中　木瀬忍《しのぶ》が拘束状態》

考えうる限り最悪の事態──プラントガルムは一体倒されているが、残りの二体が両方とも『植物本体型』だった。

『デビルリーフ』を受けて、伊那班の二人が拘束されている。人質を取られたような状態だが、伊那さんはプラントガルムの本体を狙って技を繰り出す──仲間を救出するために、視野が狭くなってしまっている。

「二人を離しなさい、化け物っ……！」


《伊那美由岐《みゆき》が棍棒術《こんぼうじゅつ》スキル『雷鳴打ち』を発動》

雷をまとった三節棍《さんせつこん》──しかし植物の敵には打撃が通りづらく、さらには蔦を張って地面に接地しているプラントガルムには、雷属性が通じない。

「……私の技が効いてない……嘘……嘘よ、そんなっ……」

《プラントガルムが攻撃スキル『デビルリーフ』を発動》

《プラントガルムが攻撃スキル『デビルリーフ』を発動》

「あ……あぁぁぁぁっ……‼」

二体の魔物が同時に拘束スキルを使う──伊那班の三人を前に出されている状態で、容易に手を出せない。

「いけない、このままだと三人が……」

「しかしお嬢様、魔物は三人を盾にしています。三人を解放しなければ、攻撃するわけには……っ」

「神崎、このままではまずい。伊那班は僕らの助力を求めてはいないだろうが、それでも介入せざるを得ない」

俺たちを挑発して、先行して迷宮に突っ込んでいって、捕まって──それで助けられるというのは、確かにプライドが傷つくだろう。

だが、そんなことは気にしていられない。訓練用の特異領域《ゾーン》でも事故は起こりうる、伊那さんにはそれを理解して反省してもらうだけだ。

「みんなは少し見ててくれ。やり方としては邪道だが、俺にとっては安全な方法だ」

俺はプラントガルム二体に近づいていく――時間が経つほど展開された蔦が増えて、とてもFランクとは思えない様相だ。

「……神崎、君……逃げ……て……」

「こいつらは……強い……Fランク、なんかじゃ……」

捕まっている社と木瀬の二人が、俺に警告する。伊那さんは口を蔦で塞《ふさ》がれ、話すことのできる状態にない。

歯車が嚙《か》み合わなければ、格下の魔物も侮《あなど》れない存在になる。《A　B《アストラルボーダー》》では安全マージンを取りすぎるくらいに取って、リスクのない戦闘を心がけていた。

だが、今はそんな次元の話じゃない。これくらいの特異領域《ゾーン》なら、俺は散歩に来たのと変わらないような気分だ。

牙の生えた葉がガチガチと鳴る――俺を威嚇《いかく》するかのように。

「――来い」

洞窟《どうくつ》の地面から天井まで展開された蔦が、一斉に俺に襲いかかる。逃げ場はないとでも言わんばかりだ。

結論から言えば、逃げる必要はない。Fランクの魔物では、どんな手を使ったとしても俺を殺せる術《すべ》を持たないのだから。

６　重ねがけ

プラントガルムの使う『デビルリーフ』は、植物系の魔物がよく使ってくる技だ。攻撃と防御の両方を兼ね備えている――拘束して体力と魔力を吸収する、そこまでがセットになっている。

「……逃げ、て……っ」

「すまないが、助けさせてもらう。こんなところで躓《つまず》く必要はないんだ」

俺は両手を広げる――二体のプラントガルムは牙の生えた葉を、俺に向かって伸ばしてくる。皆から見れば、自分から攻撃されに行ったように見えるだろう。蔦が身体《からだ》に巻き付いてくる――噛みつかれ、体力と魔力が吸われ始める。

しかし、これくらいの牙では俺の身体に傷はつけられない。体力と魔力の吸収速度も遅い――二体がかりで、一分10でも吸えればいいところだ。

「力が欲しいなら、こっちからくれてやる……！」

《神崎玲人が特殊魔法スキル『チャージルーン』を発動　即時二重発動》

左手と右手の先に、同時に呪紋《ルーン》を発生させる――『チャージルーン』を二つ重ねるとどうなるか。ここまでは『呪紋創生《ルーンクリエイト》』を使わなくてもできる、スキルの応用だ。

「――ギィイイイッ……‼」

一気に俺の魔力が流れ込んで、今まで言葉を発しなかった植物が悲鳴のような音を出す。

『チャージルーン』を二重掛けすることで起こるこの現象は『オーバーチャージ』だ。

バッテリーを充電しすぎて発熱や液漏《えきも》れが起きたりするのと同じ。限界を超えて魔力を注ぎこまれれば、器《うつわ》が耐えられなくなる。

《プラントガルム2体に魔力の過剰《かじょう》回復が発生》

《伊那美由岐　社奏　木瀬忍の拘束が解除》

急速に植物が枯れ、拘束されていた伊那班の三人が解放される。他にも方法はあるが、味方にダメージを与えずに魔物だけを倒す手段としては、これが一番手っ取り早かった。

《プラントガルム　2体　討伐者　神崎玲人　伊那班》

《討伐に参加したメンバーがＥＸＰを獲得　報酬《ほうしゅう》が算定されました》

《魔植物の蔦《つた》を2つ取得しました》

《魔石の欠片を1つ取得しました》

できれば全員が戦闘に参加したいところだが、今回は仕方がない。俺は倒れている三人に近づく――伊那さんは捕まって間もないが、彼女の防具は『デビルリーフ』の牙で嚙み裂かれてしまっている。

俺はといえば、牙は防具を貫通しておらず、全くの無傷だった。防御力は装備者の素のステータスと防具の合計となるため、もしTシャツで攻撃を受けたとしても俺の場合は無傷だろう――あまりにシュールなので、そんな姿は仲間に見せられないが。

「私は、貴方《あなた》たちを挑発したのに……どうして……」

「誰かが危ない時は助ける、それを躊躇《ちゆうちよ》する理由なんてない」

「っ……」

伊那さんは顔を伏せてしまう。肩を震わせて、泣いているようだ――厄介《やつかい》な相手だったとはいえ、本来Fランクの魔物は彼女たちにとって確実に倒せる相手だったのだろう。

「『洞窟』にこんな魔物がいるなんて……事前の情報収集ができてませんでした。私たちの完敗です」

「……助けてくれたこと、礼を言う。神崎玲人、噂《うわさ》以上の強さだな」

落ちていた社さんと木瀬君の武器を、黒栖さんと坂下さんが拾ってきて渡す。伊那さんの三節棍は雪理が拾っていた。

「まだ、最初の魔物と戦っただけよ。伊那さん、私はあなたの実力を見ていないわ」

「実力なんて……私はFランクの魔物にも勝てなかった。討伐科ナンバー2の班だなんて、自分の力を過信して……仲間二人も守れなかった……！」

「スキルの相性が悪いことはある。そういう魔物が出たときに、相性が悪いなりに対応できるように対策することはできる。それでチームが強くなるのなら、負けるのは恥ずかしいことじゃない」

「私は絶対に負けてはいけなかったんです。あなたに何が……っ！」

伊那さんは俺に摑《つか》みかかろうとする――しかし足元がふらつき、バランスを崩して倒れ込んでくる。

「は、離して……っ、私はあなたの助けなんて……っ」

「助けがいらないなら、自分の足で立てばいい。交流戦でのベストメンバーは、相手次第で変わることもあるだろう。それもスキルの相性によるものだ」

「私が、あなたたちと一緒のチームで通用するというんですか……？　それこそ、過ぎた情けではないですか……」

「情けじゃない、本当のことを言ってるだけだ。雷のスキルは場合によっては強さを発揮する。班の二人だって、そういう強みを持っているはずだ」

《アストラルボーダー》には、『死に職』は存在しないとされていた。『ネタ職』と呼ばれるものがあっても、スキルを使いこなせば唯一無二の活躍ができる。

三人の職業は見たところ『棒術士《スマッシャー》』『スカウト』『突撃兵《アサルトガンナー》』といったところだろうが、三つ

ともがメジャーな職業で、活躍の場もしっかりと想像できる。

「俺は交流戦に出場できるなら、いい結果を残したい。伊那班の三人も同じ気持ちなら、俺にアドバイスできることはあると思う」

「……あ、あなたは……お人好しもいいところじゃないですか。強さは反則的で……なんでも見透かしているような態度も、気に入りません」

「そ、そうか……ごめん、アドバイスするなんて言って」

思わず上からの物言いになってしまっていた——交流戦メンバーの間の関係は、フラットであるべきだ。

「何を謝ってるの……伊那さんを甘やかしすぎているわよ、玲人」

「あ、甘やかされてなんて……私は折倉さんに負けたわけじゃありません。神崎君、あなたには大きな借りができましたから、言うことは聞いてあげます」

「美由岐さんがそう言うなら……まあ、私は助けてもらった時点で、神崎君には感謝しかないですが。ありがとうございます」

「過剰回復で倒すという方法には驚きしかない……君との力の差を思い知らされた。俺たちが強くなるにはどうすればいい？　こんなことを言うのはなんだが、恥《はじ》を承知で教えを請いたい」

伊那班の三人はそれぞれ方向に違いはあるが、俺のことを認めてくれたということでいいようだ。

「神崎の指揮を受ければ、良い経験を積むことができるだろう。僕も彼には驚かされるばかりで、その理論の一端も理解できていない」

「いや、それは大袈裟《おおげさ》だけど。ここで経験を積めば『市街』の特異領域《ゾーン》に入れるようになるなら、もう少し続けて……」

「玲人さん、その、伊那さんは服が……どうしましょう、一度脱出した方が……」

「これくらいなら大丈夫です。まだ一体しか魔物を倒していないのに、脱出するわけにはいきません……損害の方が大きいと、評点にも響きますし」

「それなら、続行ということね。玲人、あなたが伊那班の指揮権を移譲《いじょう》されたということみたいだから、彼女たちを指導してあげて」

「いえ、お嬢様、私たちも神崎様から学ぶことが……」

　学園の門が閉まるまでには特異領域《ゾーン》を出なければならないので、ブレイサーで確認してみると残りは一時間ほど――その時間内に、もう少し収穫したいところだ。

7　コインビースト

　帰路の時間を考えると、もう一度魔物に遭遇《そうぐう》したくらいで帰還することになるだろう。

　しかし前方はかなり暗くなっており、プラントガルムの奇襲を受けた後では、伊那班はとても進める状態ではない。

「ここから先は、暗所用の装備が必要ですね。『洞窟』なのですから、準備をしておくべきでした」

「……さっきの戦闘で、ライトが壊れてしまって。魔物は照明器具を狙って壊してくるようです」

伊那班の木瀬君はアサルトライフルにライトがついているようだが、そこに植物が絡みついて使えなくなっている――魔物も、人間の視界を奪えば有利であると理解しているのだろう。

「明かりは点在しているみたいだけど、それだけでは頼りないわね」

「光る鉱物、植物の類《たぐい》もあるが、魔物の身体《からだ》の一部が光ってたりもする。そういった明かりに頼るのはリスクもあるから、光源は自分で確保できた方がいいな」

暗所に対応するには視覚強化の呪紋《ルーン》を使うか、明かりを確保する方法がある。俺が良く使うのは、パーティの進行方向を照らす光球を発生させる方法だ。

《神崎玲人が特殊魔法スキル『ライティングルーン』を発動》
《神崎玲人が特殊魔法スキル『オートサーキュレーション』を発動》

右手から生じた呪紋《ルーン》から、小さな明かりが生じる――それを、パーティの周囲を回るように軌道設定する。軌道設定系の呪紋《ルーン》はいくつかあるが、自動循環《オートサーキュレーション》の場合、同じ軌道を障害物を回避しながらぐるぐる回り続ける。

俺と黒栖さんのペア、折倉班、伊那班にそれぞれ一つずつ明かりを出す。これでだいぶ進みやすくはなっただろう。明かりの数を増やすことはできるが、全て違うタイミングで回っているため、前方・後方の両方を照らせている。

「こんなことまで……神崎さんは、どうやってそれほど多くの魔法を覚えたのですか？」

伊那さんの態度は、一度感情を俺にぶつけてからは随分《ずいぶん》と穏やかになっている。ずっと攻撃的でも困ってしまうので、勿論《もちろん》悪いことではない。

「スキルのレベルを上げると……っていうと伝わらないか。魔法のスキルが成長したとき、覚えられる魔法は一つだけじゃなく複数ある。なんというか、開眼する感じで使えるようになるというか……」

「私たちがスキルを使えるようになるときも、そんな感覚はあるわね。コツを掴んだという手応えがあって、技が使えるようになるの」

雪理の言う通りなら、職業に応じた武器を使ったり、訓練をしているうちにスキルを獲得できるということになる。そこでスキルポイントが振られているのかは分からないが、俺のステータスを見たときにはスキルポイントの項目があったので、他の人にもあると仮定しておく。

「ですが、あなたのように様々な魔法を使う人は、討伐科の一年生にはいません。手の内を全て見せていない人がいる可能性はありますが」

「……神崎君は開眼というか、すでに悟りを開いているんじゃ」

「うむ……わからん。分かることは、神崎玲人の真似《まね》はできないということだ。俺たちは、俺たちなりに強くなるべきだな」

「木瀬君は、装備を破壊されないようなスキルを取れるといいんだけど。多分、装備の手入れをしていたりするとスキルが身につくこともあると思うよ」

「装備の手入れ……整備部に頼むばかりではなく、自分でやってみるわけか。分かった、やってみよう」

「確実とはいえないからすまない。俺もスキルの覚え方については調べておくよ」

「玲人、せっかく班ごとに明かりがあるから、私たちと伊那班が先行するわね」

「ああ、頼む。慎重に進んでみよう」

俺は黒栖さんと一緒に、後方に位置してついていくことにする——思ったよりも、俺の隣を歩く黒栖さんは落ち着いている。

「『転身』をしていると、夜目が利《き》くようになるみたいです。ほら、猫って夜に会うと目が光るじゃないですか」

「なるほど……黒栖さん、視覚まで猫になってるのか」

「はいですにゃ」

口調まで猫になっている——しかし指摘していいのかどうか。いや、黒栖さんも自覚があるようで、歩き方がぎこちなくなっている。

「す、すみません、緊張感がなくて……つい、言ってしまいそうになるんです。『転身』の副作用でしょうかっ」

「い、いや、俺は全然……気にしないというか、悪くないと思うよ」

「……ありがとうございます……にゃ」

『ウィッチキャット』の姿だと、黒栖さんは足音が全《まった》くない。魔装師は技能発動の条件がある代わりに、発動してしまえば便利な効果が幾つもある。

「……伊那班が何か見つけたらしい。気をつけて、黒栖さん」

「はいっ……な、何があったんでしょうか……」

立ち止まって俺たちを待っている伊那班に近づく。すると、前方に大きく開けた空間があった――そこに、巨大な厚みのある円盤のようなものが二つ見えている。

「……驚いたな。コインビーストが出るなんて」

「あ、あれって、魔物なんですか？」

黒栖さんは思わず声を出してしまってから、慌てて自分の口を塞《ふさ》ぐ。しかし、今のところその必要はない。

「巨大なコインのような甲殻《こうかく》を持つ魔物なんだ。普通に攻撃しても通じないし、転がって攻撃してくる」

「あんな大きなものが転がってきたら……あまり考えたくはないわね。剣は効果が薄そうだから、属性攻撃がいいのかしら」

「その通り。でも、攻撃するタイミングを間違えるとダメージが通りにくい……そこで、それぞれの班の三人で役割を分担する。坂下さんと社さんは、物理攻撃が得意で身のこなしが素早い。俺はそう思ってるんだけど、どうかな」

「はい、敏捷《びんしょう》性にはある程度自信があります」

「私も、普段の役割は回避盾ですね」

回避盾——その用語が出てきたということは、社さんもゲーマーなのか。この現実《リアル》においては、そういう用語が普及していてもおかしくはないが。

「まず、唐沢と木瀬君の射撃でコインビーストの注意を引く。すると近づいた人を狙って『ローリング』で攻撃してくるから、坂下さんと社さんは回避するんだ」

「かしこまりました。なんとしてでも避けてみせます」

「怪我《けが》じゃすまなさそうですからね……私も頑張ります」

「コインビーストは障害物に当たるまで止まらない。衝突したところで動きを止める……そこで、雪理と伊那さんは側面の弱点を狙って属性つきのスキルで攻撃する」

「ええ、分かったわ」

「分かりました。でも、それで倒せるんでしょうか……」

「そこは自信を持っていい。セオリーを守れば、そんなに難しい相手じゃないよ」

伊那さんはすっかり自信をなくしてしまっている。プラントガルムにやられてしまったことが、まだ尾を引いているのだろう。

しかし一度言った通り、ここで躓《つまず》く必要はない。自信をなくしたのなら、取り戻せばいいことだ。

「では……木瀬、射程は足りているか？」

「十分だ。唐沢こそ、そのスナイパーライフルで火力は足りているのか」

「無論だ。僕のありったけのオーラを込めて、あいつの気を引きつけてみせよう」

銃使い同士、思うところがあるようだ――というより、元から知り合いなのだろう。これまでも競う関係にあったというのは、想像に難くない。

「坂下さんのお手並みを近くで見られて光栄です」

「ええ、私もです……中学の個人戦では、あなたとは当たれませんでしたから」

坂下さんと社さんは友好的だが、二人ともその瞳は燃えている。

雪理はというと、まだ覚悟を決められていない様子の伊那さんに近づいていく。

「私と競いたいのなら、彼を信じて思い切りやりなさい」

「……折倉さん」

「情けをかけているわけじゃないのよ。あなたは交流戦に必要な戦力だから、こんなところでイップスを起こしてもらっては困るの」

イップス――スポーツなどで、精神的な原因により、思ったような動きができなくなること。魔物との戦いに挑む人々においても、同じことは起こりうる。

「分かりました。全力で……そうでなければ、何をしに来たのか分かりませんから」

「本当にね……なんて、虐《いじ》めたいわけじゃないのだけど。私も、あなたには期待しているから」

雪理の檄《げき》は、俺がどんな言葉をかけるよりも効いたようだった——伊那さんの表情に覇気《はき》が戻ってくる。

「よし、手はず通りに行くぞ。黒栖さんも俺の近くにいて、援護できるように備えておいてくれ」

「はいっ！」

ランクFの魔物の中でも、倒し方を知らないと苦戦するシリーズの二体目といえるコインビースト。彼らに戦いを挑むことを選んだ理由は——それは、無事に討伐できてからのお楽しみだ。

8　合同作戦

唐沢と木瀬君はコインビーストを狙撃できる位置に移動する。彼らが合図を出したら、それぞれの班の班長がゴーサインを出す手筈《てはず》だ。

黒栖さんは俺のすぐ近くにいる。もし雪理と伊那さんの攻撃で倒しきれなかったときに、追撃するのが俺たちの役目だ。予期せぬ事態は起こりうる——魔物のステータスに個体差があり、中には体力が通常より三割ほど高い個体もいるからだ。

坂下さんと社さんは、コインビーストが方向転換できずに壁に衝突するギリギリの位置にいる。あまり安全に行き過ぎると、この作戦は成立しない——度胸が肝心《かんじん》ということだ。

しかし『生命探知』の反応からして、社さんの心拍が上がっている――落ち着いたテンションの人だが、実はかなり緊張しているということらしい。

《神崎玲人が回復魔法スキル『リラクルーン』を発動　即時遠隔発動》

「……っ」

声掛けができないので、呪紋《ルーン》を使って坂下さんと社さんが落ち着くようにサポートをする。急に落ち着くと不思議な感じではあるだろうが、何をしたかは後で説明する――コインビーストが動き始めたからだ。

雪理と伊那さんが、射手二人からの合図を受け取る。指揮を委《ゆだ》ねられた俺はゴーサインを出す――作戦開始だ。

《唐沢直正が射撃スキル『スナイプショット』を発動》
《木瀬忍が射撃スキル『アキュレートショット』を発動》

「――やったか……!?」

「いや、弾かれた……っ！」

オーラを込めた弾丸が、コインビーストに命中する――しかし金属音がして、唐沢の撃った威力の高い一発、木瀬君の撃ち込んだ数発が全て弾かれた。二人の声が聞こえるが、ダメージを通すのは彼らの役割ではないので、あとは適宜《てきぎ》待機してもらって構わない。

「──来ますっ！」
「っ……速《はや》……！」
やはりここがキーになる──彼女たちの運動能力、反射神経を信頼してはいるが、万一にも轢《ひ》かれるようなことはあってはならない。
《神崎玲人が強化魔法スキル『スピードルーン』を発動　即時遠隔発動》
雪理と伊那さん、黒栖さんが驚いている──俺が予定外のタイミングで動いたと思ったからだろう。だが、何をしたかは見れば分かってもらえるはずだ。
《コインビースト2体が攻撃スキル『ローリング』を発動》
《坂下揺子が格闘術スキル『バックステップ』を発動》
《社奏が短剣術スキル『緊急回避』を発動》
二人が回避を成功させる──だが本当にギリギリだった。地面を削《けず》りながら猛烈な勢いでコインビーストは壁にぶち当たり、一瞬だけ完全に動きが止まる。
「──伊那さんっ！」
「ええっ……雷よっ！」

《折倉雪理が攻撃魔法スキル『スノーブリーズ』を発動》
《伊那美由岐が棍棒術《こんぼうじゅつ》スキル『雷鳴撃ち』を発動》
雪理が冷気属性の魔法を、伊那さんが雷をまとった棍棒を、コインビースト一体ずつに撃ち込む――確かに効いている、だが。
「っ……まだ動いて……っ」
《コインビースト2体が特殊スキル『自爆』を発動　連鎖発動》
（ここまでは計算通りだ。自爆のカウントダウンのうちに倒し切る……！）
「――黒栖さん、攻撃魔法を頼む！」
「は、はいっ……！」
《神崎玲人が強化魔法スキル『エンチャントルーン』を発動　遠隔遅延発動》
《神崎玲人が強化魔法スキル『チャージルーン』を発動　遠隔遅延発動》
前回このコンボを使ったときは、『エンチャントルーン』で付与する魔法を指定せず、無属性の魔力を黒栖さんの魔法に乗せた。

今回は付与する魔法を指定している——『ジャミングサークル』。自爆がスキルの一種である以上、行動を阻害《そがい》するこの魔法で封じ込めることができる。

「——闇より出《いで》よ、魔性の手ッ！」

《黒栖恋詠が攻撃魔法スキル『ブラックハンド』を発動》

黒栖さんに貸す俺の魔力は、二体を余裕を持って倒しきれる十分な量にとどめた。あまりやりすぎると、今後の伊那班に悪い影響を与えてしまうかもしれない。

「——クォォォッ……ォォ……」

黒栖さんの魔法はコインビーストの守りの弱い側面にヒットし、さらに向こう側にいる一体にまで貫通した。

「れ、玲人さん、倒せたみたいですっ……！」

「ああ、やったな。みんな、コインビーストから少し離れて、物陰から見ててくれ」

「倒した後で、まだ何かが起こるの？」

雪理は不思議そうにする——『自爆』態勢に入ったコインビーストを倒すとどうなるか。

《ＡＢ《アストラルボーダー》》と同じなら、こいつはいわゆる『ボーナスモンスター』というやつだ。

そしてコインビーストの金属質の殻《から》に、一気にヒビが入る。そして割れた中から出てきたのは、色とりどりの魔石と本物のコインだった。

《コインビースト　２体　ランクＦ　討伐者　神崎ペア　折倉班　伊那班》
《神崎玲人様が２００ＥＸＰを取得、報酬《ほうしゅう》が算定されました》
《レッドジェムを５つ取得しました》
《ブルージェムを７つ取得しました》
《イエロージェムを３つ取得しました》
《ライフドロップ小を３つ取得しました》
《オーラドロップ小を４つ取得しました》
《?硬貨を２１３８枚取得しました》

「こ、こんなに……魔物は大きければ沢山《たくさん》物を落とすというわけではないのに……」

「コインビーストはこういう魔物なんだ。倒すコツさえ知ってれば、できるだけ倒したくなるような魔物だよ」

「本当に……『ジェム』は魔石の一種だけど、用途が違うと聞いたことがあるわ」

《ＡＢ《アストラルボーダー》》におけるジェムは、融合《ゆうごう》させて能力を発揮させるものだ。赤と青と黄の三色あれば、かなり用途は広くなる。

「それにしても、この硬貨……どうして『特異領域《ゾーン》』、それも魔物の殻の中に、人間の使う貨《か》幣《へい》が入っているの……？」

「っ……！」

雪理に言われて気づく。《A　B《アストラルボーダー》》では、魔物が人間を襲ったりして金を持っているという設定だった。

ならば、コインビーストはどうやってこの硬貨を手に入れたのか。コインビーストがお金を持っているのは当たり前だとばかり考えて、流してしまいかけていた。

一枚の硬貨を手に取る――《アストラルボーダー》の中で見た硬貨と、よく似ているように見える。完全に一致しているとは言い切れないが。

「特異領域《ゾーン》の中で得られた金属ということなら、加工の材料になるかもしれません。神崎君、これらはあなたが持っていってください」

「えっと……さっきの作戦の最中、神崎君がサポートしてくれてたんですよね。いつもの自分と違う動きができてたので」

社さんを呪紋《ルーン》でサポートしたことは気づかれている――しかし恩を売るとかじゃなく、得られた収穫は三等分するべきだろう。

「収穫は山分けっていうのが、俺の信条なんだ。そこは遠慮《えんりょ》しないでほしい」

「……そんなこと言われたら、もっと恩義に感じちゃうんですけど。なんて、冗談です。美由岐さん、お言葉に甘えておきませんか？　私たちより強い人がこう言ってくれてるんですから」

社さんに、伊那さんは何か答えようとして――途中で言葉を呑《の》み込み、俺を見た。

「……あなたの評価を聞かせてください。私は、少しでも貢献できましたか？」

「ああ、勿論《もちろん》。全員が百点……っていうのは甘やかしすぎか」

男子も含めて皆が照れている――正当な評価だと思うのだが、俺の方も照れるのはいかんともしがたい。

しかし人に何かを教えるというのは難しいと思っていたが、やってやれないことはないと分かった。引き上げまでの時間を有効に使って、今日は引き上げることにしよう。

9　コーチ

コインビーストがドロップしたものが非常に多かったので、唐沢と木瀬君、そして俺で分担して運ぶ。物を持ち運ぶ際に有効な魔法があるので、それを使うことにした。

強化魔法スキル『キャリアールーン』で運搬量を増やすこともできるし、荷物自体にかかる重力を操作する『グラビティサークル』というのもある。今回使ったのは後者の方法だ。

普通に『グラビティサークル』を使うと重力が強くなるので、『リバーサルルーン』で効果を反転させる。オーラの量を調節して重量が三分の一くらいになるように調節すると、過重量による『速さ』の低下を回避できた。

「二つの魔法を組み合わせる……その発想が、まず反則的というか……どうやって思いついたんですか？」

「俺の場合、魔法は本来オーラを込めた指で決まった図案を描くことで発動するんだ。それを突き詰めていくと、頭の中でイメージしただけで魔法が発動するようになる。そこまで来たら、あとは頭の中で二つの図案を思い描いて、それを重ねるだけだ」

それができるようになるまでかかった時間は、二年ほどなのだが――『アストラルボーダー』の中で三年半過ごしたこと、その経験が活《い》かせているということは、同年代の人たちからすると確かに反則的なのだろう。

「スキルを使っていくうちに、新しいスキルに目覚めることはあるというけど。私たちの場合は、魔法と武術のスキルを組み合わせる方向に発展していくんでしょうね」

「私も折倉さんの武器と属性は違いますが、同じ方向と思っていいんでしょうか……」

「伊那さんには伊那さんの戦い方がある。三節棍《さんせつこん》が使えるっていうのも珍しいし、今後も腕を磨《みが》いていくといいと思う……同じくらいの強さの人や、時には格上の人に稽古《けいこ》をつけてもらうと、伸びは早いかもしれない」

「あ、ありがとうございます……あの、神崎君。あなたが持っているのも、打撃用の武器ですよね」

俺が携行しているロッドを見て、伊那さんがおずおずと言う――すっかりしおらしくなってしまって、むしろこっちが遠慮してしまう。

「ああ、俺はこのロッドを使って戦うけど、メインは魔法のほうかな」

「前にお手合わせしてくれたときは、すごいロッド捌《さば》きだったじゃない。あなたと打ち合ったことで、私も新しい何かが見えたような気がしたの」

サポート職といえど、一切近接戦闘の手段を持たないということはない。今の俺は『ロッドマスタリー』を1しか振ってないが、それを持った状態で雪理と戦ったことで、武器マスタリーを伝授できていた。

さっきの戦闘での『雪花剣《せっかけん》』の威力を見ればわかる、前に見た時よりもわずかに上がっている。『剣マスタリー』は可能な限り上げておきたいスキルなので、もう少し手合わせをする時間が欲しいところだ。

おそらくそうすると、俺のスキルポイントも『ロッドマスタリー』に振られる。指導に必要な分だけ俺のスキルレベルも上げる必要があるからだ――まあレベルＭＡＸまで振ってもいいくらいなので、それは一向にかまわない。

「美由岐さん、こういうときははっきり言わないと駄目ですよ」

「……言われなくても、分かっています。あ、あの、神崎君。良かったら、放課後時間のあるときに、私のコーチを……」

コーチ――というと、俺に指導役をしてほしいということか。改めて言われると照れるものがあるが、伊那さんの班の二人も、なんなら折倉班の三人も、次に同じことを言い出しそうな様子に見える。

「そういうことなら、チームで練習した方が良さそうだな。他に交流戦メンバー候補の人っているのかな」

「討伐科では成績上位からメンバーを選ぶことになっているから、これで人数は揃っているけど。サブメンバーの選出はまだ先でいいそうだから、あとはマネージャーね」

「マネージャー？」

何か部活のような様相を呈してきた。メンバーで一緒に練習して団体戦に臨《のぞ》むのだから、そう思うのもあながち間違いではなさそうだ。

「彼女にも、一緒に練習をするときに声をかけてみるわね」

「ああ、分かった。よし、それじゃ帰るとしようか」

魔物は一度通った場所にも湧いていることがある――《ＡＢ《アストラルボーダー》》では『ポップする』と言っていたが、おそらくこの特異領域《ゾーン》でも同じだろう。

「っ……玲人さん、上から来ますっ！」


《ノイジーバット3体と遭遇《そうぐう》　神崎ペア　折倉班　伊那班　交戦開始》

「――きゃぁぁぁあっ！」

悲鳴を上げたのは伊那さんだった――蝙蝠《こうもり》が得意という人はそう多くないだろうが、牙を剥《む》き出して飛んでこられたら足が竦《すく》んでも仕方がない。

（こういう時に、本来の使い方が効く……！）

《神崎玲人が特殊魔法スキル『グラビティサークル』を発動　即時遠隔発動》

「──ギィイイッ‼」

『生命探知』で『ノイジーバット』の居場所を察知し、重力操作の呪紋《ルーン》を発動させる。

飛んでいる魔物には効果絶大だ──しかし一旦地面に落ちながらも、バットは翼をばたつかせて飛び上がろうとする。

「嫌っ、来ないでっ……！」

「──はぁぁあっ！」

「お嬢様、こちらはお任せを……っ！」

《伊那美由岐が攻撃魔法スキル『サンダーボルト』を発動》

《折倉雪理が剣術スキル『雪花剣』を発動》

《坂下揺子が格闘術スキル『輝閃蹴《きせんしゅう》』を発動》

次々に女性陣の技が決まる──実は伊那さんの雷属性は飛行する魔物に効果が大きいので、彼女の放った雷撃を受けたノイジーバットは一撃で戦闘不能となって消滅し、ドロップ品が落ちる。雪理も一撃で落とせたが、坂下さんの蹴《け》りはノイジーバットが打撃に耐性を持つこともあり、まだ仕留めきれていない。

「――私が行きますっ！」

《社奏が短剣術スキル『クロススラッシュ』を発動》

社さんが追撃し、ノイジーバットの体力を削《けず》り切る――だが、それで終わりじゃない。

《プラントガルム3体と遭遇　神崎ペア　折倉班　伊那班　交戦開始》

「――第二波、プラントガルムだ！　あの物陰から来るぞ！」

「「了解っ！」」

「私も行きます……っ！　『ブラックハンド』！」

唐沢と木瀬君、そして黒栖さんが一斉に攻撃する――二体は仕留められたが、一体の背の植物が分離し、戦闘態勢に移行しようとする。

しかし一撃を入れたあとなら、二撃目で仕留められる。『フレイムルーン』を発動させ、最後の一体を撃破する――これで戦闘終了だ。

《ノイジーバット3体　プラントガルム3体　ランクF　討伐者　神崎ペア　折倉班　伊那

《神崎玲人様が１５０ＥＸＰを取得、報酬《ほうしゅう》が算定されました》

魔物が消滅したあとに、ドロップ品が残る。奇襲にも対応できたことで、伊那班の三人はすっかり自信を取り戻していた。

俺たちはドロップ品を一時的にまとめて回収したあと、特異領域《ゾーン》の入り口近くまで戻ってきた。他にも引き上げていく生徒たちの姿が見える——それぞれに疲れた顔をしているが、俺たちの一行は全員、戦闘の後とは思えないほど晴れやかな表情だった。

10　魔力回復

特異領域《ゾーン》から出てきたところで、疲労の色が見えるメンバーに『ヒールルーン』を使って回復する。

一度窮地《きゅうち》に追い込まれると、精神面の影響から体力の減りが早くなる。伊那班の体力は、『ヒールルーン』で全回復してから魔物の攻撃を受けていないにもかかわらず七割程度まで減っていた——六割からバイタル警告が出るそうなので、危ないところだったといえる。

「プラントガルムと戦ったときに離脱《リジェクト》がかからなかったのは幸いでした。判定次第では、あれで戦線離脱ということもあったと思います……あなたたちのおかげです」

「評点を下げずに済んだのは有り難いですが、自分たちの未熟さを思い知らされました」

「今日のこと、恩に着る。神崎玲人のような人物が同じ学園にいたこと、そして少しでも教えを請うことができたことを光栄に思う」

「俺は皆の役割を分担しただけだ。三人いれば文殊《もんじゅ》の知恵……じゃないけど、できることは飛躍的に増える。まあ、二つとも超攻撃的な班ではあるけど」

「そうは言いますけど、私も一応サポート型なんですよ。偵察とか、そういうことが得意なので……でも、猫みたいに足音がしない人にはかなわないですね」

「そ、そんなことはないです、私は気がついたらこうなっていただけなので……」

黒栖さんが慌てる——そして彼女は『転身』を解くのを忘れていたことに気づき、ここで解除する。

（前よりは長く持つようになったけど、かなり魔力が減ってるな……よし）

「黒栖さん、ちょっといいかな。魔力を回復させておこう」

「は、はい……あっ、そ、その、オーラドロップで大丈夫ですっ……」

「回復薬は消耗品《しょうもうひん》だから、俺のスキルで回復した方がいいかなと思って……駄目かな？」

「だ、駄目というか……駄目なのは私の方で、玲人さんは何も悪くないというかっ……」

みんなの頭に疑問符が浮かんでいる——黒栖さんは一体何を動揺《どうよう》しているのだろう、という感じだ。

「玲人、こんなに遠慮《えんりょ》しているなら、オーラドロップを使う方が良いと思うのだけど……黒栖さん、遠慮しているのよね？」

「い、いえ……大丈夫です、私の個人的な事情ですから。お願いします、玲人さん」

「じゃあ、いくよ」

何か熱視線を受けているが、ただ魔力《オーラ》を回復するだけだ。結果を見てもらえばみんな安心してくれるだろう。

《神崎玲人が強化魔法スキル『チャージルーン』を発動　即時発動》

「んっ……」

（……そ、そうか……魔力を一気に回復すると、結構変な感じがするんだったな）

——あの、レイトさん、オーラをもう少しゆっくり送ってもらえたりは……。

——レイトのオーラが満たされる感じは、他に形容できない……変な感じ。

——僕はオーラがそこまで減らないから分からないけど、何か凄《すご》そうだね。

清々しいまでに邪気のないソウマの笑顔、そして女子二人の困ったような、俺を睨《にら》んでいる表情が思い出される。あれはおそらくジト目というやつだ。

しかし『チャージルーン』で送り込むオーラは一定量と決まっているので、ゆっくり送るという器用な芸当はできない。俺のステータスが低い頃なら、もっとチャージが遅かったとは思うが。

「……神崎様、それは、訓練のあとはいつも行っていることなのでしょうか」

坂下さんが緊張した面持《おもも》ちで聞いてくる。後ろでは雪理が腕を組んであさっての方向を見ている――部下を鉄砲玉にしている姐御《あねご》のような構図だ。

「オーラの消費が大きいときは、俺が補給してるんだ。俺なら自然にオーラが回復するのも早いから」

「……神崎君は、オーラ発電所のような人ですね」

「美由岐さん、その言い方はちょっと……すみません、彼女に悪気はないんです。ただ、ちょっと天然がかってる人なので」

「天然がかるなんていう日本語はありません。私は褒め言葉のつもりで言ったんです」

「じゃあ、伊那班の三人も魔力が減ってるから、回復しておこうか」

「っ……い、今したようなことを、私にもするというのですか……それが指導だというなら、甘んじて受けますが」

「さっき回復してもらったときは、体力だけだったんですよね。魔力だとまた違う感じが……でも回復した方が、明日の目覚めとか良さそうですしね」

「……俺はやめておく。神崎玲人のオーラに感化されて、別の自分になってしまいそうだからな」

そんなことは全《まった》くないのだが、木瀬君は確かにそれほど消耗《しょうもう》していないので、後の二人に同時に魔力を送ることにする。

「それじゃ、できるだけリラックスして……行くよ」

「「っ……！」」

二人同時に『チャージルーン』でオーラを送り込む――すると、二人とも立っていられなくなり、互いに支え合う体勢になってしまった。ここまでくると、急速な魔力の回復に伴《ともな》う副作用を疑うほかはない。

「ご、ごめん。この方法で魔力回復するのは、やっぱり問題があるのかな」

「……回復は、しています。ただ、黒栖さんの気持ちがとてもよく分かりました」

「男女間のオーラのやりとりだから……？　それにしたってこんなの、おかしくない……？」

社さんは平常のテンションが低めの人なのかと思っていたが、その彼女が大きく動揺している――それほどの何かが起きているということか。

俺は誰かに魔力を分けてもらう立場になったことがなく、常に供給する側だったので、どういう感覚が生じているのか分からない。《Ａ　Ｂ《アストラルボーダー》》のパーティメンバーも慣れてくると何も言わなくなっていったので、それに期待するしかなさそうだ。

「玲人、あなたはサービス精神が旺盛《おうせい》すぎると思うわ。程々にしないと、勘違いする女の子を増やすことになるわよ」

「え……勘違いって？」

「そ、それはそれとして……今回持ち帰ったものですが、私たちは何も受け取るつもりはありません。分配するというお話でしたが、私達は神崎君にサポートしてもらった立場ですし……むしろ、お礼をしなくてはいけません」

「あなたの服を修復するために必要になるから、換金できるものは持っていった方がいいと思うわ。玲人はどう思う？」

「俺は必要なものを貰《もら》えればそれでいいよ。三色のジェムがあったから、それを一つずつ貰えればいい。黒栖さんは何が欲しい？」

「私は、素材の使い方が分からないので……プラントガルムを倒したときに出てきた、この綺麗な石が気になります」

「プラントガルムの魔石か。確かに使い道はありそうだな……あとはノイジーバットの素材を少し貰っておこうか」

取り分を決める俺たちを見て、皆がまた呆然《ぼうぜん》としている——残ったものが多すぎる、ということだろうか。

「あなたは……そんなに無欲で、よくそこまで強くなれたものね。あなたが八割は貢献しているんだから、それだけ持っていきなさい」

「いや、俺はそんなに……」

「あなたにはその資格があるの。この硬貨も、換金したらそれなりの値段がつくでしょうし……」

「必要な人がいたらその人が持っていってくれていい。でも、そうだな……『お金は山分け』が一番わかりやすいから、八人で割って持っていくことにしようか」

「この宝石も、使い道が分かるなら持っていってください。神崎君の方が有効に使ってくれそうですから」

「……そうか。じゃあ俺が持っておくけど、もし素材を使って何かいいものが作れたら、誰かに使ってもらうこともあるかもしれない。それでいいかな」

特異領域《ゾーン》で手に入る素材で作れるものは、俺や黒栖さんの装備品とは限らない。使えないものは売るなどして処分するしかないので、それくらいなら誰かに有効活用してほしい――それくらいの意味合いで言ったのだが。

「……神崎君がそう言ってくれるのなら、お言葉に甘えますが。あなたはもっと、独善的であってもいいと思います。このままではあまりにも、聖人君子《せいじんくんし》すぎますから」

「私たちも自分たちで頑張って、自分たちの装備を整えられるようにしますから。でも、もし私にあげてもいいなってものができたら、その時は連絡してください」

「科が違うのに、依存してしまうようなのは良くないが。俺たちにとって、神崎玲人は良い目標になった。遠い背中だが、追わせてもらう」

伊那さんたちは俺が提案した最低限の物だけを受け取り、それぞれ俺のブレイサーにコネクターを近づけ、連絡先を交換していく。そして一度戻るということか、校舎のほうに歩いていった。

「神崎はこのままだと、一年生の中で不動のカリスマを獲得してしまいそうだな……僕もいつまで相手をしてもらえるか」

「努力あるのみと言いたいところですが、他の学校にも強い生徒は多くいます。二年生、三年生にも」

「私たちも結果を出さないといけないわね。そのためにできる努力を続けましょう。時間は有限だから、有効に使わないと」

雪理の言葉に皆が頷《うなず》く。黒栖さんもだいぶ戦闘に慣れてきたが、この辺りでもう少し立ち回りの練習が必要だろう。

（時間は有限……学園には門限があるし、放課後に練習するにも限界がある……）

「……玲人、どうしたの？　何か考えているみたいね」

今まさに思いついたことがある。しかし、それを雪理に話すには少し勇気が必要だった。

《アストラルボーダー》にログインできれば、ゲームでも実戦訓練に近いことができる――雪理もゲームのことについて聞いていたので、全く興味がないわけではないと思うのだが。

第三章

１　ウィステリア・藤崎

制服に着替え、帰る準備をして校門前で一度集まることになっていたのだが。

ウィステリアが目覚めたとの一報を受けて、俺は雪理《せつり》と一緒に倉屋敷《くらやしき》病院に行くことになった。

黒栖《くろす》さんは学園に来る最後のバスで帰っていったので、後で連絡することになっている。坂下《さかした》さんと唐沢《からさわ》も病院まで同行してくれたが、面会は二人までとのことで、雪理と俺が病室に入ることになった。

「こちらが藤崎《ふじさき》さんの病室になります」

「ありがとうございます」

「い、いいえ、雪理お嬢様、そんな……私どもは折倉《おりくら》グループの一員ですので」

「案内してもらった時くらい、素直にお礼を言わせて」

雪理の口調は柔らかいが、看護師さんは恐縮しきっている――それはそうか、この病院も折倉グループが経営していて、そのトップの令嬢が雪理なのだから。

「……じゃあ、ノックをするわね。藤崎さん、入ってもいいでしょうか」

「どうぞ」

室内から短い返事が聞こえる。雪理がこちらを見てくるので頷きを返し、二人で入室する
——すると、ベッドの中で身体《からだ》を起こしている女性の姿がある。病院着に着替え、金色の髪を下ろしている彼女からは、悪魔に憑《つ》かれている時とは全く違う印象を受けた。

「こんばんは。貴女《あなた》が、折倉雪理さん……全国大会の時以来ですね」

「ウィステリア・藤崎さん……去年、あなたは全国大会の決勝トーナメントに出ていなかった。一度は全国で三位になっているのに。それほどの実力者が、どうして辞退したの？」

「それは、私から貴女にも言えることです。折倉さん……どうして決勝に出てこられなかったんですか？」

「……どんな形でも、試合に出なかった以上は私の負け。それを言い訳するつもりはないわ」

雪理は去年、全国大会の個人戦決勝を辞退している。ネットでそんな書き込みを見たが、その理由はまだ聞けていない。

ウィステリアはその試合会場にいた。彼女は蛍光灯の明かりを少し眩《まぶ》しそうにしながら、髪をかきあげつつ、少し申し訳なさそうに微笑《ほほえ》んだ。

「……ごめんなさいデス、少しこういうの、やってみたくて。こういうシリアスなドラマ、見たことないデスか？」

急に、日本の言葉に慣れない感じのイントネーションに変わった――これがウィステリアの素なのだろう。

どうやら、事前に持っていた印象とは違う人物のようだ。雪理は急な変化に困惑しているが、俺が見ていることに気づくと、肩に入った力が抜けたようでふっと笑った。

「ウィステリアさんのことは調べさせてもらったわ。愁麗山《しゅうれいざん》学園高等部の二年生で、中学までは海外で暮らしていた。お母さんが日本の方で、その縁で移住してきたそうね」

「はい、その通りデス。愁麗山学園は帰国子女の受け入れが多い学校なので、私もその縁で通わせてもらいました。今も学園の寮で生活しています」

「……目を覚ましたばかりで、身体に負担をかけない時間だけにするから、少しだけ質問をさせて。あなたは、自分に起きたことを覚えている？」

朗《ほが》らかだったウィステリアの表情が陰る――彼女は、憑依《ひょうい》されていた時のことを覚えている。

「……私《ワタシ》が近隣で発生した特異領域《ゾーン》の対応に向かった時のことデス。特異現出……予想されるランクより高い魔物が出る可能性がある状態。私は近隣の人が巻き込まれないように対処したら、学園に報告してその場を離れるつもりでシタ」

「そして『あの魔物』と遭遇《そうぐう》した……そういうこと？」

ウィステリアは頷く。彼女は病院着の胸のところに触れ――そして、ぐっと摑《つか》んだ。不安を抑えようとするかのように。

「頭の中に声が響いてきて、その次の瞬間には、私は誰かに身体を奪われていまシタ。『彼女』

は私の頭の中を見ることができますが、私には彼女の考えの一端だけを見せてきたのデス……それも長くは続かず、私は意識を失いマシタ」

精気を奪われ、意識を失う――それが何を意味するのか。

ウィステリアの身体は震えていた。本来は朗らかなのだろう彼女の表情をそこまで曇らせている感情は、紛《まぎ》れもない恐怖だ。

「ウィステリアさん、無理はしないで。今は全部言わなくてもいいのよ」

雪理が気遣うが、ウィステリアは首を振る。どうしても言わなければならないというように。

「あの魔物にもう少し憑依されていたら、『私』という人格は消えてしまっていたと思いマス。ですから……雪理さん。貴女は、私の命の……」

「それは違うわ。貴女を助けたのは彼……神崎玲人《かんざきれいと》。彼がいなかったら、実体のない悪魔を封印することはできなかったから」

ウィステリアは雪理に助けられたとばかり思っていたらしい。あの場に真っ先に急行したのは雪理なのだから、あえて俺がというのは言わなくていいと思ったのだが――雪理は間髪《かんはつ》いれずに訂正《ていせい》してしまった。

「……カンザキ、レイト……あなた、プリンセス雪理のマネージャーさんかと思っていましたが、そうじゃなかったのデスね」

「っ……プ、プリンセスって、どこでそんな呼び方を……」

雪理がこんなに動揺《どうよう》しているのは初めて見た――俺も不意を衝《つ》かれて笑ってしまいそうにな

るが、雪理にきっと睨まれて自重する。

「有名デス、風峰《かざみね》学園のプリンセス雪理。銀色の髪を持つスノープリンセス、私の学園ではそう言われてます」

「ま、まあ……雪理なら、そう言われてても疑問には思わないけど」

「あなたは……プリンセスなんて言われて、嬉しい人がいるわけないでしょう」

「そんなことないデス、女の子はみんな、お姫様に憧れているものデス」

　雪理は「それは人それぞれでしょう……」と小さな声で言っていたが、それ以上言い合う気力もなくしたのか、肩をすくめて息をつく。

「……カンザキレイトさん、あなたはプリンセスと同じ学年なのですか？」

「はい、風峰学園の一年です」

「そうなのデスね……見るからに落ち着いていて、お兄さんという雰囲気《ふんいき》なのデスが。私、一個上のお姉さんだったデスね」

『アストラルボーダー』の中にいた時間だけ、実際の年齢より体感時間は長く生きているといえないこともないのか。今のところ皆と話が噛《か》み合わないことはないので、そこは安心して良さそうだ。

２　始まりと因子

「レイト、私に憑依していた魔物……悪魔《デーモン》はどうなったのデスか？」

「俺が持ってる錬魔石《れんませき》に、仮封印してあります。目的を聞き出すために、消滅させるわけにはいかないと判断を……」

「敬語は使わなくて大丈夫デス、レイトとセツリは私の恩人ですので」

「……そう言ってもらえるなら。悪魔は俺が封印したけど、話を聞くときは安全を確保してからになる。ウィステリアが立ち会いたいなら、同席してもらうこともできるよ」

「そんなことまでできるのデスね……封印した悪魔を従わせる、そんなスキルを持っているのデスか？」

「本職の魔物使いじゃないけど、近いことはできるっていうだけだ」

「……興味深いデス。でも、ライバル校の情報は、チームメイトには話さないデス。そこは安心してくれて大丈夫デス」

「この人は、そういう次元じゃないから。事前に話を聞いていたからといって、彼に勝てる人はいないでしょう」

　あまりに雪理がはっきり言うので、横にいる俺が照れてしまう。ゲーマーなら『無敵』『無敗』という言葉に憧れることもあるだろう――無論俺もその一人だ。

しかし驕《おご》るつもりはなく、自分が誰にも負けないとは思っていない。まだ、この現実《リアル》がどんな状況なのか、俺に何ができるのか、その全容が見えていない――ステータスは高くても、それだけで押し切れない局面もあるかもしれない。

『雪理様、そろそろ面会終了のお時間です』

「もうそんなに時間が……ウィステリアさん、あなたの今後については、ご両親とも連絡を取って考えましょう。愁麗山学園に戻ることが希望なら、そうできるように取り計らうわ」

「……私は魔物に憑依されていました。規則に従って、処罰を受けるべきデス」

「憑依されている間、他の誰かに危害を加えた……そういう記憶はあるの？」

「それは……私の意識はすぐなくなってしまったので、分かりません。でも、私が知らない間のことも、私自身が責任を取って、償《つぐな》いをするべきデス」

「それは、違うんじゃないかな。俺たちの仲間の唐沢君も、魅了されて敵に回ったことを悔《く》やんでいたけど……元はといえば、悪いのは魅了を仕掛けてきた敵の方だ。ウィステリアの場合も同じだよ」

これは俺の中ではっきりしていることなので、断定する。曖昧《あいまい》な言い方をしても、ウィステリアの自責の念を軽くすることはできない。

「……ありがとうございマス。私《ワタシ》ずっと考えていて……身体を奪われているうちに、人を傷つけてしまっていたら。そうしたら私はもう、人のために魔物と戦うなんて言えないデス」

「あなたが憑依されているうちに何があったのか、その全ては分からない。けれど、悪魔に証言させることはできるかもしれない……私は、ウィステリアさんは被害者で、自分を責めることはないと思うわ」

「いえ、私が弱かったから、魔物に憑依されたのデス。もっと強くならないといけマセンね……レイトのようになんて、おこがましいことデスが」

そんなことはない、と安易に言うことはできない。俺と同じ経験を人にさせるというのは、とても勧められやしない。

この世界に難易度をつけるとするなら、客観的に見て壊れている。魔物が出てくることに人々は適応していて、けれど被害は確実にあり、魔物と戦うための学園では多くの生徒が学んでいる。魔物がいなかった俺の知る世界とは、根底的に違っている。

だが、強くなることはできると思う。着実に経験を積み、生命の危険が及ぶような事態を避けてしたたかに生き延びる――そうでなくても、魔物と戦う以外でも訓練はできる。

「ごめんなさい、引き止めてしまって。今日は面会に来てくれて、ありがとうございマシタ」

「……退院の日までには、もう一度会って話しましょう。玲人、それでいい？」

「ああ。ウィステリア、最後に一つだけ……憑依していた悪魔が、何か言っていたことはあるか？」

「彼女が言っていたことは……それが、本当のことなのかは分かりマセンが。『これは始まりにすぎない』『ここに因子がある』というようなことを言っていました」

その二つの言葉が意味するもの――少なくとも前者に関しては、朱鷺崎《ときさき》市、そして俺たちにとっては凶報としか言いようがなかった。

市内全域における、複数箇所《かしょ》の特異現出。これが始まりに過ぎないというなら、あの悪魔の仲間がこの世界を脅《おびや》かそうとしているというのか。

病室を出て廊下《ろうか》を歩く間、しばらく俺たちは無言のままでいた。

ロビーで坂下さんと唐沢と合流する前に、雪理は立ち止まり、俺を見る。

「……彼女も言っていたように、強くならないといけない。そうでないと、大切なものを守れないから」

「ああ……そうだな。強くなるにはどうすればいいか、考えながら毎日を過ごさないと」

「やっぱり私は、あなたに会いに行ってよかった。あなたと出会わなかったら、私はここにいられていないし……自分が強くなるための方法も、上手《うま》く見つけられなかったと思うの」

「……そうかな。雪理は俺に会わなくても、出会ったときから十分強かったよ。けど、俺がこれから教えられることも沢山《たくさん》あると思う。才能の塊《かたまり》みたいだからな」

「そういう恥ずかしいことを、真顔で言えるのが、あなたの一番の才能かもしれないわね……なんてね」

「っ……」

珍しく雪理が冗談を言うから、思い切り不意を衝《つ》かれてしまう。

「こんな状況なのに、不謹慎《ふきんしん》かもしれないけど……こう思ってしまうの。玲人と、明日はどんな経験をすることができるのかって」

「……それこそ、勘違いをする言い方というかだな」

「なに？　はっきり言ってくれないと聞こえないから、もう一度言って」

言ったら多分怒られるのだろうから、俺は黙秘権を行使するしかなく。雪理はそれが不満のようで絡んできて、坂下さんと唐沢には、微笑《ほほえ》ましいものを見る目で見られてしまった。

3　Bランク討伐報酬

家に戻る時にはタクシーを使った。コネクターから直接料金を引き落とすことができるので、現金必須《ひっす》の場合以外、支払いはこれだけで済ませられる。

「お客様、家の前まで行きますか？」

「いえ、ここで大丈夫です。ありがとうございました」

《運賃￥１０００を決済しました》

車を降り、タクシーを見送ったあと、ふと気になる――現在、報酬《ほうしゅう》としてはどれくらいの入金があったのだろう。

「イズミ、今俺の口座にはどれくらい入ってる？」

《本日の特異領域における魔物討伐《とうばつ》についても、報酬はすでに振り込まれております。口座残高は、総額で6371万とんで600円になります》

「ぶっ……！」

思わず噴き出してしまう。こんな漫画みたいなリアクションを自分がすることになるとは——しかし、それくらいしても仕方がない金額だ。

「……やっぱり、悪魔《デーモン》を二体討伐したのが大きいのかな」

《イエス・サー。ご主人様が討伐した二体の悪魔のうち、一体は暫定《ざんてい》ランクBとなっておりますが、封印による無力化は討伐と同義です。封印した媒体《ばいたい》を討伐隊などの公的機関に届けた場合は、報酬金額が上乗せされます》

「俺がBランクユニークを二体倒したってことは、このブレイサーのデータを管理してるところには知られてる……そうなるのか」

《報告を行わないことは可能ですが、その場合は報酬は得られなくなります》

《申し訳ありません、ご主人様が魔物と戦闘に入る前に、こちらの件については説明しておく

べきでした》

「いや、知られたくないわけじゃない。討伐隊に敵対する気はないし、公《おおやけ》の組織を信用してないってわけじゃないから」

《ありがとうございます。コネクターによる討伐者の情報管理には、今も議論の余地が残っています。疑問点がありましたら、遠慮《えんりょ》なくお知らせください》

「……コネクター、か。イズミ、俺の妹は『コネクター』じゃなくて『ブレイサー』と言ってたんだけど、違いは何かあるのかな」

《……ノー、サー。それについては回答できかねます。私は私が搭載《とうさい》されている機器について、全ての情報を持ちません》

「学園から支給されたってことは、学園に『ブレイサー』について知ってる人がいる……そういうことになるかな」

《消極的に肯定します。おそらく、そうであると思考します》

この話題になって、イズミの受け答えが無機質になった――彼女の言う通り、このブレイサーがなんなのか、コネクターとの違いはどこなのかという点について、知らされていないようだ。

もしくはブラックボックスのようなものがあって、そこに情報が格納されているとか――なんて、陰謀論《いんぼうろん》めいたことを考えるのは悪いクセだ。

「答えてくれてありがとう。しかし、六千万か……こういうのって、魔物討伐税がかかったりするのかな」

《ノー、サー。魔物討伐の報酬は非課税です。通常の所得とは異なり、四十年前に策定された新しい法規に基づいて支払われるものです》

五十年前に起きたという一斉現出。それから十年間は、魔物を倒すことによって報酬が払われるシステムは整備されていなかったということか。

しかし元来、高校の小遣いは五千円の予定だった。その一万二千倍以上と言われても全く現実味がなく、本当に使っていいのかという疑念もまだ残っている。

《これは紛《まぎ》れもなく、魔物討伐に対する正当な対価です》

「そうか……じゃあ、必要な時は遠慮なく使うことにするよ」

他にも魔物のドロップ品を売却したりとか、そういうやり方で収入を得られるなら、分かりやすくていいのだが。

三色のジェム、竜骨石《りゅうこつせき》、そして魔像の魂石《こんせき》。この辺りの素材が揃うとあることができるようになるので、換金せずに試してみたい。

（家の庭先でやってみるか……思い出すな。まだレベルが低かったとき、仲間を集められなかった頃は、『あいつ』と一緒に……）

「あ、お兄ちゃん……さっきタクシーが停まってるのが見えたけど、どうして入ってこないの？」

「ああ、ただいま、英愛《エア》」

「おかえり、お兄ちゃん。今日も恋詠《こよみ》さんと一緒だった？　それとも雪理さんかな？」

「まあ、その両方だ……って、嬉しそうな顔をされてもな。他にも大勢一緒にいたよ」

「お兄ちゃん、そんなに沢山友達できたんだ。ねえねえ、どんな人？」

「友達というか、討伐科の人たちだよ。雪理と一緒にいるときに、伊那《いな》さんっていう人たちが絡んできたんだ」

「ふーん、あんまり仲良くないの？　でもお兄ちゃんなら大丈夫だよね、すっごく強いし」

「それは人間関係にプラスなのか分からないけどな。まあ、心配ないよ」

学園の敷地内にある特異領域《ゾーン》で魔物と戦ってきた――それを言うのはまだ憚《はばか》られる。

「英愛こそ、学校の方はどうだった？　もう落ち着いてるか」

「うん、大丈夫。お兄ちゃんのおかげだよ。さとりんといなちゃんも、昼から学校に出てこられたの」

英愛の瞳に涙が光っている――それだけ安堵《あんど》したということだろう。

悪魔に精気を吸われてしまった二人のことは気がかりだったが、無事に回復して何よりだ。

だが、身体《からだ》のこと以上に、あんなことがあった学校に行くのは、勇気が必要だろうというのを心配していた。それも杞憂《きゆう》に終わってくれたようだ。

「お兄ちゃん、本当にありがとう。二人は覚えてなかったんだけど、お兄ちゃんが助けてくれたことを伝えたら、お礼がしたいって」

「いや、それは……気にしなくてもいいぞ、困った時はお互い様だから」

「そんなこと言わずに、また二人と会うときがあったら、話を聞いてあげて。それとね、二人も『アストラルボーダー』に興味があるんだって」

「え……あの二人がVRゲームを？」

ゲーム自体は誰がやっていてもおかしくないが、前に話したときはそういう話題に触れなかったので、少し意外に感じた。そんな俺の反応を見て、英愛は嬉しそうにする。

「私がお兄ちゃんとボスを倒したって言ったら、二人とも興味津々《しんしん》になっちゃって。普段は動物と一緒に街で暮らすゲームしてて、その話ばかりなんだけど、一度はVRMMOもやってみたかったんだって。ゲーム機はもうあるみたいだよ」

「そうなのか……じゃあ、一緒にできるといいな」

俺が『旧アストラルボーダー』を始めた時には、ＶＲＭＭＯをプレイするためのハードはそんなに普及していなかったのだが――それも、この現実《リアル》が元と異なっている部分だ。

「今日はまだ両親に心配されるから、夜ふかしはできないんだって。また今度できるようになったら一緒にやろうって誘ってもいい？」

「ホームが勝手に決まるから、俺たちが他のホームに移動できるようにしておいた方がいいな」

「あ、そっか……じゃあご飯食べて、お風呂入ったらすぐに始めなきゃ」

「宿題はやってあるのか？」

「学校の図書室でやってから帰ってきました、隊長どの」

「それは偉いな。英愛は学校では真面目《まじめ》にしてるイメージがあるけど、やっぱりそうなのか」

「お兄ちゃんに恥ずかしくない妹であるためには、日頃の努力が欠かせないのです……なんてね。あ、ご飯もうすぐできるから、着替えたら降りてきてね」

妹は先に家に入っていく。その弾むような足取りから分かるのは、俺が帰ってくるのを楽しみにしていてくれたということだ。

――それが何のためなのかわかるのは、夕食と風呂を終えて、部屋でまったりしている時のことだった。

4　注目の新人

『旧アストラルボーダー』において、呪紋師《ルーンマギウス》には幾つかのビルドが存在していた。

色々なスキルをとりあえず取ってみて、使えると判断したものに適宜《てきぎ》ポイントを振っていくのが俺のスタイルだが、多くのゲームにおいては計算してスキル振りをしなければ、中途半端になってしまうことが多い。

途中から俺もそれを気にして、魔法系のスキルを最大まで上げることにしたので、他のスキルはレベル1のままの場合が多かった。

『生命付与』もそのひとつだ。呪紋師《ルーンマギウス》のビルドの一つ『ネクロマンサービルド』などを可能にする、キースキルである。

このスキルには取得条件があり、呪紋師《ルーンマギウス》の『スキルマスター』と呼ばれるＮＰＣ《ノンプレイヤーキャラクター》を探し、クエストをクリアして教えてもらう必要があった。クリアするためにはサブクエストを五つこなす必要があると言われたときは、そこまでして覚えなくてもいいかと諦めかけたものだが――当時の俺には『生命付与』を覚えなければならない理由があった。

ひとつは、知り合いの呪紋師《ルーンマギウス》が『生命付与』を使っていて、そのメリットを知っていたこと。

もうひとつは――情けない話だが、パーティが組めなかったこと。デスゲームで初対面の他人と交流するのは、そこまで社交的でもない俺には難しく、序盤においてはゲーム攻略よりもよほど悩まされた問題だった。

――あの、いつも一人で出かけられてますよね。

――前に森の中で会ったとき、私たちにヒールをかけてくれた。辻《つじ》ヒールの人。

ミアとイオリに声を掛けられるまで、サポート職の俺がどうやって攻略を進めていたか。前衛を誰にやってもらっていたかというと――自分のスキルで作った使い魔《ファミリア》だ。

しかし、前にできていたからといって、安易に使い魔を作ろうとしていいものだろうか。やはり妹が留守のときか、外に出ている時に安全を確保して試した方がいいかもしれない。

「お兄ちゃん、どう？　タコライスのソース、辛《から》くない？」

「ちょうどいいよ、ある程度辛くても好きだしな。タコライスは食べたことなかったけど、かなり美味《うま》い」

「気に入ってもらえてよかった。一つずつ私のできる献立《こんだて》を作っていくから、毎日別の国の料理が出てくるかも」

「英愛《エア》は料理得意だよな……けど、一人で任せておくのも悪いから、当番でやることにしようか」

「いいよ、お料理好きだから。でもお兄ちゃんがそう言ってくれるのは嬉しいな。簡単なお料理から一緒にやってみる？」

「そうだな。調理実習でやったような料理ならできるんだけど」

妹の料理の腕はそんなレベルではないので、そんな彼女に食べてもらうものを作るのはハードルが高い──そう思ったのだが。

「お兄ちゃんが作ってくれたら、なんでも食べるよ。私もお兄ちゃんが食べてるところを見るの好きだから」

「そ、そうか……ありがとう、って言うところか？」

「あはは、お兄ちゃん照れてる。今の顔を激写して、友達に見せちゃおうかな」

「なんの罰ゲームだ。俺の顔なんて見せられても、友達も反応に困るだろ」

「……そんなことないよ？」

「え？」

「ううん、なんでもない。お兄ちゃん、今日も一緒にお風呂入っていい？」

「さらっと言われてもだな……どうしてもじゃなければ、別々の方がいいと思うぞ」

「うん、今のは一応聞いてみただけ」

本気で言ったわけではないならいいが、まだ一人で入るのが怖いというなら、それはやぶさかでない。

しかし、妹はその話題には触れず、俺のことを上機嫌そうな顔をして見ている。

「どうした？」

「ううん、なんでもない。お兄ちゃんがいるなと思って」

「……改めて、心配かけたな」

「どういたしまして」

退院してきた俺が家にいるだけで喜んでくれている。そんな妹の優しさにどうやって報いればいいのか――そんなことを考えていた。

◆◇◆

順番で風呂に入り、部屋に戻ってきて一息ついていると、ドアをノックしてから妹が入ってきた。

「……お兄ちゃんにしてほしいこと？」

「ああ。入院のこともそうだけど、英愛には苦労かけてるから。何か買ってほしいものとかあるかな」

「欲しいもの……お兄ちゃんの服かな。今度、一緒に買いに行きたい」

俺ではなくて英愛の欲しいものを聞きたいのだが、妹的には俺の服を買うことの方が重要らしい。

「もう春物は終わっちゃって、夏物がお店に入ってくるから。お兄ちゃんの服を私が選んであげる」

「じゃあ、英愛が欲しいものもそのときに買うか。お金は全部俺が出すから」

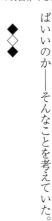

「え……お兄ちゃんの口座にお金を入れておいたけど、それはお兄ちゃんが自由に使っていいお金だよ？　学園でも必要になるから入れておいたの」

妹には、やはり話しておかないといけないだろう。魔物討伐で報酬《ほうしゅう》が得られていること、その金額がとても大きいことを。

「英愛の中学に行ったときに、ランクの高い魔物を倒して……その時に、報酬が入ったんだ。その金額が、結構凄《すご》いことになってて。使い道が思いつかないんだけど、俺や英愛の暮らしを良くしたりすることにも使えたら……と思ってるんだ」

「そうだったんだ……高等部で冒険科や討伐科を選んだら、学生のうちから魔物退治でお金をもらえるって聞いたことはあったけど、本当だったんだね」

「ああ。その、額を言うと驚くと思うんだけど、かなりお金の融通《ゆうずう》は利《き》くようになった。だから、なんでも欲しいものがあったら言ってくれていい」

そう言ってから、大金を手に入れて気が大きくなっていると思われるだろうかと心配するが――ぽかんとしていた英愛が、そんな俺を見てくすっと笑った。

「私が欲しいものは、お兄ちゃんと一緒に遊ぶ時間だよ」

「あ……そ、そうか。買い物に行きたいって、そういうことか」

「うん。お兄ちゃんがそう言ってくれるのは嬉しいけど、私は私でやりくりするから大丈夫だよ。お父さんたちからの仕送りも、お兄ちゃんと共同で管理するし」

「そうか……分かった。じゃあせめて、一つだけでもプレゼントさせてくれ」

「ありがと。何を買ってもらおうかな……新しいＶＲゲームのソフト？　それとも、映画のチケットとかがいいかな。お兄ちゃんと一緒に観るの」

　ここまで来ると、自惚《うぬぼ》れでもなんでもないのだと理解する。

　俺と一緒に何かがしたいと英愛はそう思っていて、それはゲームだけじゃなくても、他のことでもいいのだと。

「……そういうお願いは駄目？　お兄ちゃん、お休みの日は忙しい？」

「そんなことはないよ。二人とも家にいる日があったら、ふらっと出かけてもいいしな」

「ほんと？　良かったぁ……」

　そんなに安心するなんて大袈裟《おおげさ》だとか、英愛の顔を見るととても言えない。

「じゃあお兄ちゃん、約束ね。ふわっとした感じだけど、お休みになったら買い物に行こ」

「ああ、約束だ……とかいうと、フラグになりそうだな」

「フラグ？」

「いや、こっちの話だ。さて、どうする？　今日も少しログインするか」

　英愛は思わせぶりに微笑《ほほえ》み、後ろに手を回す――すると、隠し持っていた（元から知っていたが）ダイブビジョンが出てきた。

「今夜は寝かさないよ、レイト君」

「夜更かしは禁物だぞ、エア」

「えー、お兄ちゃん冷たい。ちょっとくらい乗ってくれてもいいのに」

妹に何を言われても動じないのが兄というものだ——と思うが、これほど衒《てら》いなく好意を向けられると、つい態度が甘くなりそうになる。

兄としてどうあるべきかというのは、まだ結論が出ないが。この世界で初めて会う妹であっても、今さら彼女のことを知らないなんて言うつもりはなく、これからも家族として暮らしていきたい。

こんな俺の現在《いま》をソウマたちが知ったら、どう思うだろう。

この世界は俺たちが帰ろうとした『元の世界』じゃない。それでも与えられた環境に順応していこうとする俺は、仲間たちからはどう見えるのだろう。

——今の暮らしを続けることは欺瞞《ぎまん》だと、そう思われるだろうか。俺がそうするならばいいと言ってくれるだろうか。分かるわけがない、しかし考えずにはいられない。

「お兄ちゃん、ログインするよ」

気づくと妹が俺のベッドに寝そべっていた。夜は少し肌寒いので、肌掛け布団をかけてやると、彼女は嬉しそうにする。

「さて、いくか……今日は天導師《レベルマスター》のクエストをこなすところからだな」

俺も椅子《いす》に座ってダイブビジョンを身に着け、姿勢を楽にしてログインする。昨日ログアウトした、ネオシティの入り口広場に出る——今日は昨日よりプレイヤーの数が多く、活気があるように思える。

「色々行かないといけないんだよね。どこに行けばいいんだっけ」

「クエストの内容は、ログでいつでも確認できる。操作の仕方は、『ナビゲーション、ログ表示』と思い浮かべるんだ」

「やってみる……あ、できた。市長さんの家、商人ギルド、職人ギルド、魔法ギルド、あと……地下道？　に行けばいいのかな」

「たぶん最後に魔物との戦闘があるから、準備しておかないとな」

「そうなんだ……あれ？　お兄ちゃん……」

そう――さっきから、俺たちを遠巻きに見ているプレイヤーが沢山《たくさん》いる。

（これは、そういうことか？　特に考えずに装備してたが……）

他の装備は初期状態のままで『暴走猪の兜《かぶと》』をかぶっている俺が注目されている――それは十分ありうる。レイドボスのＭＶＰ報酬を獲得したプレイヤーが、まだこの近辺に少ないのだとしたら。

「あれが猪装備……ゴクリ。あれってレア３なんだよな」

「レア２までしかネオシティの近辺じゃ取れないしな……性能、どうなってんだろ」

「まだ攻略サイトに追加されてないんだよな。あいつ、書き込んでくんないかな」

「頭だけ猪ってアンバランスだけど、なんか可愛《かわい》い。アニマル系の頭装備って他にもあるのかな？」

「ちょっと聞いてみよっか、どういう装備なのか」

「ここまで来て手ぶらでは帰れませんな。どれ、記念写真を撮らせてもらいますか」

「俺も俺も。変態猪装備って言われてたけど、こうして見るとカッコイイじゃん」

　思いっきり噂《うわさ》をされている――彼らはどうやら、俺たちを探してここに来たらしい。猪の兜をつけたままだと、しばらくは注目されてしまうことになりそうだ。

（……ん？）

　こちらに来ようとしていたプレイヤーたちの一団より先に、こちらに近づいてくる人がいる。

「こんにちは、レイトさん、エアさん」

　名前はプレイヤーを注視すると表示される。俺たちに話しかけてきたのは女性のプレイヤーで、アバターは人間の弓使い《アーチャー》だった。

　表示されている名前は『リュシオン』。長い髪は紫色で、編み込みがされている。アバターの髪型を変えられるところまでゲームを進めているということだ。

「こんにちは。俺たちに何か？」

「少しお話を聞きたいと思いまして、待っていました。あなたたちが昨日レイドボスと戦ったところを見させてもらったのですが、見事でしたね」

　俺たちの戦いを見ていた――それなら、通常ゲームを始めたばかりでは使えないようなスキルを、俺が使っていたことも見ているかもしれない。

　チートとして通報されてしまうと、アカウント停止などの措置も考えられる。運営側が俺の戦闘ログを把握《はあく》していて問題視するとしたら、遅かれ早かれではあるのだが。

「一つ、ご相談したいことがあるんです。静かにお話ができる場所で……これからお時間をいただけますか？」

どう転ぶかは分からないが、話してみて分かることもあるかもしれない。俺が英愛の同意を得てから頷《うなず》きを返すと、彼女《リュシオン》は微笑み、場所を変えるために歩き始めた。

5　サブＧＭ

どこに連れていかれるか次第ではこちらも警戒しなければならないかと思ったのだが、彼女に連れていかれたのは個室つきのカフェだった。店名は『隠れ家カフェしろ熊《くま》』だそうだ。

ホールには普通に客がいて賑《にぎ》わっているが、追加料金を払うと静かな個室に入れるというシステムだ。

「お部屋に誰かがいたりとか、そういったことはありませんよ」

このゲームはＰ Ｖ Ｐ《プレイヤー対プレイヤー》エリアでしか対人戦ができないので、他のプレイヤーを攻撃するには魔物を誘導《トレイン》したりとか、そういう直接的ではない方法を使う必要がある。そのため、魔物が出ないところでは基本的に警戒することはない。

さらには俺の場合『生命探知』があるので、壁の向こうに人がいるかいないかは分かる。個室で待ち伏せというのはまずないだろう。

そもそもリュシオンさんからは敵意を感じないし、あまり疑っていないというのが本当のところなのだが。これで騙《だま》されたら、その時はその時と諦めるしかない。

「それは心配していないですよ。俺の装備に興味があるとか、そういうふうにも見えないですから」

「ふふっ……初め見た時は驚きましたが、素敵な装備ですね。私もできれば欲しいくらいですが、MVPを取るのは難しそうです」

『猪装備』がMVPの賞品《アワード》だということは攻略サイトにすでに書いてあったが、必ず『暴走猪の兜』が出るわけではないようで、データがまだ記載されていなかった。しかし所持しているプレイヤーはいるはずなので、全サーバーで俺だけが猪頭という状態にはならないと思う。

個室に入るとテーブルが一つ置かれていて、六人まで同席できるようになっていた。俺と英愛は同じ側に、対面にリュシオンさんが座る。

「オーダーはここからできますが、どうなさいますか？」

「お兄ちゃん、ゲームの中でも食事ってできるの？」

「ああ、満腹度があるからな。これが80を切ってると食事ができる……まあ味とかはしないし、実際に満腹になったりはしないけどな」

「そうなんだ……不思議な感じだね。私はマジックティーがいいな」

「私もマジックティーで。レイトさんはどれにしますか？」

「俺はマイトオレンジにしておきます」

マジックティーは魔力、マイトオレンジは筋力が一時的にプラスされる。といっても気休め程度で、効果の高い食事は材料から集めて作る必要がある。

「お客様、お待たせいたしました」

　オーダーしてすぐに、店員のNPCがやってくる――英愛はカフェの制服が気になるようで、店員が頼んだドリンクを置くところを目を輝かせて見ていた。

「お兄ちゃん、ああいう装備ってあるのかな」

「あの人はNPC……プレイヤーじゃないキャラクターだから、専用の装備だと思う。一般のプレイヤーがあれを着てたら紛《まぎ》らわしくなるしな」

「まだ取得条件が難しいですが、メイド服ならあるそうですよ」

「本当ですか？　で、でもメイドさん……私がそんなの着ても似合うかな？」

「とてもお似合いだと思います。レイトさんも喜びますよ、彼女さんがそんな服を着てくれたら」

「っ……げほっ、ごほっ」

「お、お兄ちゃん、大丈夫？　ゲームでもむせたりするんだね」

　英愛は気にしてないのかなんなのか――一応訂正《ていせい》はしておいた方が良さそうだ。

「英愛はその、俺の妹なんです。昨日から一緒にゲームを始めて……」

「まあ、そうだったんですね。すみません、早とちりをしてしまって」

「えっ、何？　なんの話？」

　リュシオンさんが思い切り英愛のことを『彼女』と言っていたが、あまりにサラッと言われたために気が付かなかったようだ。それはそれで良かったが、俺だけ動揺《どうよう》しているのは少々格好悪い。

「兄妹でゲームをするくらい仲がいいんですね。羨《うらや》ましいです」

「あの……リュシオンさんは、俺たちが『草原の暴走者』と戦ってるところを見てたんですよね。それで、何か気になることが？」

「はい。本当は、初めから名乗るべきだったのですが……私は『アストラルボーダー』の管理部、ＧＭの一員です」

ＧＭ――ゲームマスター。その人がプレイヤーに直接接触してくるというのは、やはり俺が相応のことをやったと考えるべきだ。

リュシオンさんは自分の身分を示すために、プレイヤーカードを見せてくれた。カードの表面を指でなぞると、俺たちの目の前に彼女の情報が表示される。するとプレイヤー自身では書き換えられない欄《らん》に『サブＧＭ１０４』と書かれていた。

「ＧＭといっても、いくつかＧＭコマンドを使えるだけで、私の立場は一プレイヤーと変わりません。昨日は初めてのレイドボス登場にあたって、どのような戦いになるかを見させていただいていました。少しだけ攻撃にも参加しています」

「そうだったんですね……」

「現時点では『リンクボーナス』は隠しシステムになっていて、発動条件は伏せてあります。どのような状況で発動したか、プレイヤーの方に個別でアンケートを取らせていただいていまして」

「あの時は、お兄ちゃ……レイトが危ないって思ったら、少し力が湧いてくる気がして……」

「俺もエアの声が聞こえて、まだ諦めたくないと思ったときにボーナスが発生しました。回復したOPでスキルを使って、なんとか死に戻りせずに済んだんです」

「そうだったんですね。あの時、私も助けに入ろうかと思っていたんです。けれど特定のプレイヤーさんに援護をするのは禁止されているので、何もできなくて……良かった、脱出できていたんですね」

リュシオンさんは本当に安心したという様子だ――GMとしての規律は守りながらも、プレイヤーのことを親身になって考えてくれているのが良くわかる。

「レイトさん、エアさん。このアストラルボーダーが新世代のVRMMOと呼ばれているのはご存じですか？」

「はい、俺もそれが気になって……」

始めた、という言葉を簡単に口にすることはできなかった。

その言葉に惹《ひ》かれていなければ、そう思ったことも何度もあった。死ぬような思いをするたびに、目の前で他のプレイヤーが死ぬたびに――ログアウトできないゲームの中で、仲間たちが苦しむところを見るほどに。

「ここからはオフレコでお願いいたします。レイトさんはクローズドテストの参加者ですので、お話しする許可が出ています」

「私もそのお話を聞いてもいいんでしょうか、もし駄目だったら外に……」

「いえ、エアさんが良ければ同席していただいて大丈夫ですよ」

　エアは気を遣って席を立とうとしたが、もう一度座り直す。緊張しているようだ――話の内容が内容なので、無理もないか。

「このゲームにおいて、ダイブビジョンで読み取れる思考パターンは、従来のゲームよりも感情に依っているんです」

「感情……？」

「例えば、一緒にプレイする仲間を守りたいとか、一緒に勝ちたいという感情ですね。もちろんレベル・スキル制で装備品の性能差もあるゲームですから、気持ちだけでは勝てない……という場面は多くなりますが。あと一歩で難しい場面を乗り切れるというときに、強い感情が攻略に寄与したら。『アストラルボーダー』ではそれを実現しようとしています」

　ロールプレイングゲームでよくある、あと一発で全滅するという時にクリティカルが出てボスを倒せたというシチュエーション――そんなとき、プレイヤーの多くは紙一重《かみひとえ》のスリルを味わい、同時に達成感を得るだろう。

　思考を直接入力して操作するＶＲＭＭＯゲームが、感情も反映したら。のめり込みすぎる人も出てきてしまうかもしれないが、今までにない体験になるのは間違いないはずだ。

「ですので『リンクブースト』や『リンクボーナス』は不具合ではありません。今後もプレイされているうちに隠し要素が見つかるかもしれませんが、その時はアンケートを取らせてもらっても良いですか？」

「はい、そういうことでしたら。それと……」

俺が今のレベルで使えないスキルを使っていること――それについては運営的にどうなのか。皆まで言わなくても、リュシオンさんも察してくれたようだった。

6　質問

「レイトさんは職業がまだ初期状態なのに、スキルを使用されていましたね。このゲームでは、現実に存在するスキルと同じものが多く実装されています。ですので、もし現実と同じイメージを入力することができたら、同じスキルがゲーム内でも使用できるんです」

「なるほど……でもそれは、チートってことになりませんか？」

「日常生活でもスキルを使いますから、そういった個性がプレイに反映されるのは、多様性につながるという考え方です。中にはとても有利にゲームを進められるスキルもあると思いますので、バランス調整は入るかもしれませんが」

「分かりました。じゃあ、ゲーム内で現実と同じスキルを使うこと自体は問題ないってことですね」

「勿論《もちろん》実装されていないスキルもありますから、何も起きないこともあるかと思います」

固有スキルの『呪紋創生《ルーンクリエイト》』が実装されていないとして、使ってみてエラーが起こらないか試す――そういうことはやめた方がよさそうだ。それこそチートということになりかねない。

しかしこのゲームは、現実でのスキルの数が多いプレイヤーのことを想定しているんだろうか。おそらく現時点の俺ならバランスブレイカー的な行動を取れると思うが、他のプレイヤーもそれに追いついてくるのは間違いないし、先々を見据えれば問題はなさそうだ。

『呪紋師《ルーンマギウス》』の適性があるプレイヤーの方は珍しいですし、現実《リアル》でも同じスキルが使えるなんて……レイトさんは、普段何をされてるんですか？」

「あ……え、ええと。それはなんというか」

「あっ……ごめんなさい、プライベートに立ち入るようなことをおうかがいして。すみません、越権行為でした」

エアが俺の方をチラチラと見ながら、何かウズウズしている——もしや、現実《リアル》の俺の強さとかを言いたいんだろうか。だがここは自重してもらうしかない。

「もし、レイトさんが……」

「……俺が、どうしました？」

「……いえ、なんでもありません。すみません、随分《ずいぶん》お時間を頂いてしまって」

そろそろ解散ということか——その前に、聞いておきたいことがある。

「リュシオンさんは、前回俺が参加したクローズドテストにも関わっていたんですか？」

俺が意識を失った理由が『旧アストラルボーダー』によるものだというのは、妹にも話していない。話しても不安にさせるだけだからだ。

そして俺がなぜ、このゲームのβテストに参加しているのか。かつての仲間たちを探すため、このゲームの中に存在するかもしれない手がかりを求めるためだ。

「はい、前回から参加しています。私もまだ学生なのですが……大学に通いながら、空いた時間にGMをさせてもらっているんです」

リュシオンさんに聞けば、確かめられる。クローズドテストでゲーム内に閉じ込められ、俺のように入院したプレイヤーがいるのかどうか――。

だが、彼女の表情を見ただけでも悟らざるを得なかった。

この現実《リアル》で行われたクローズドテストで入院したプレイヤーは『いないことになっている』。そうでなければこんなに早くβテストが始まるはずもない。もしくは、俺のような状態になったプレイヤーがいることを運営側がまだ関知していないかだ。

「……答えてくれてありがとうございます。また、話をさせてもらえませんか」

「はい、ぜひ。私は当面、ネオシティ近辺にいますので」

俺はデスゲームの生還者だ。まだあの世界には、残っている仲間がいる。

そんなことを今リュシオンさんに言って何になるのか。尋ねるとしても、もっと信頼関係を築くことができてからだ――GMと懇意《こんい》にすること自体が、プレイヤーの領分としてどうなのかと思いはするが。

◆◇◆

カフェ『しろ熊』から出て、リュシオンさんと別れる。彼女はネオシティ周辺で週三日ほどＧＭをしており、休日は一般プレイヤーとしてログインすることもあるとのことだった。

「ＰＣの外見は少し変わりますが、ベースになっているのは同じ人物《わたし》ですので、一般ＰＣでもあまり変わりないかと思います」

リュシオンさんは別れ際に小声で言う。接近する必要があるからといって、かなり近くに寄られてしまった——猪頭でなければもっと緊張していたところだ。

「では、今日はありがとうございました。引き続きお楽しみください」

「こちらこそありがとうございました」

「お仕事頑張ってください、リュシオンさん」

エアは最後にリュシオンさんと握手をして、彼女を見送る。すぐにリュシオンさんの姿は雑踏に紛《まぎ》れて見えなくなった。

「このゲームは、もう危ないものじゃないのかな。それをお兄ちゃんは聞こうとしてたんだよね」

「……ああ。ごめんな、心配させて」

「ううん。私は、このゲームしてて楽しいって思うから……でも、お兄ちゃんが嫌だったら、無理して続けなくても……」

「俺は、このゲームで探したいものがあるんだ。そのためには、攻略を進めないといけない……エアにも、良ければ協力してほしい」

「うん。私もまだ下手《へた》だけど頑張るね、お兄ちゃんくらい上手《じょうず》になれるように」

そんな会話を交わしていた俺たちだが、なにげなく通り過ぎているように見えるプレイヤーたちに微妙に会話が聞こえていたりするというのを、その時はあまり深く考えていなかった。

～某掲示板　21：34～

83：VR世界の名無しさん
猪　即　斬

88：VR世界の名無しさん
＞＞83
大丈夫？
オーラドロップ飲む？

１０２：ＶＲ世界の名無しさん
こちらスネーク、ネオシティに潜入した
大佐、アンカーをくれ

１０６：ＶＲ世界の名無しさん
＞＞１０２
性欲を持て余す

１０８：ＶＲ世界の名無しさん
おい、猪頭が女アーチャーに声かけられてるんだけど？
遠目に見ても結構美女なんだけど？

１１３：ＶＲ世界の名無しさん
早速狩りの時間か？
ホイホイついていくんじゃねーぞ、猪くん

１１８：ＶＲ世界の名無しさん
先に猪頭ハントされた

一緒に写真撮りたかったのに

123：VR世界の名無しさん
俺は猪装備なんていらない
美女に声なんてかけられたくないしね
本当だよ

127：VR世界の名無しさん
＞＞123
じゃあ俺が猪になるよ
みんなが嫌がるなら俺が犠牲になるよ

132：VR世界の名無しさん
＞＞127
いやいやなんのなんの
ここはモテたくないことに関しては右に出るもののいない俺が

～某掲示板　22：28～

７８４：ＶＲ世界の名無しさん
こちらスネーク2号
変態猪装備さん発見したけど、衝撃の報告要る？

７９２：ＶＲ世界の名無しさん
＞＞７８４
やめて心臓止まっちゃう

７９７：スネーク2号
なんか一緒にいる女の子、猪のことお兄ちゃんって言ってた

８０２：ＶＲ世界の名無しさん
え、マジ？
そういうプレイ？

８０７：ＶＲ世界の名無しさん

猪の妹だからオークみたいな顔してそうだな！
ガハハ！

８１３：ＶＲ世界の名無しさん
猪妹ちゃんも猪マスクかぶってんの？

８１８：スネーク２号
＞＞８１３
かぶってない、銀髪　種族はレアのエルフ
かわいい

８２３：ＶＲ世界の名無しさん
＞＞８１８
世の中って不公平だよね

８２８：ＶＲ世界の名無しさん
銀髪エルフ妹と一緒にネトゲしてるとか
羨《うらや》ましくて禿《は》げそう

835：ＶＲ世界の名無しさん
うちの妹と一緒にゲームしたの小学五年が最後だったかな

842：ＶＲ世界の名無しさん
＞＞835
ブワッ

7　レベルクエスト

リュシオンさんと別れたあと、俺たちは天導師《レベルマスター》にレベルを上げてもらうためにクエストをこなすことにした。

まず初心者向けの装備品を買おうとするが、武器しか売ってもらえなかった。俺は『ウッドロッド』、エアは『ウッドバトン』を購入する。エアはチアリーディング部に入っているので、バトンの扱いは得意そうだった。

ネオシティの市長の家、三つのギルドに行き、それぞれの長《おさ》から話を聞く。最後の目的地は地下道だが、地下に入ろうとするとナビが一度天導師のもとに戻るように言ってきた。

天導師は町の高台にある神殿にいる。『祝福の聖域』と呼ばれる場所だ。

天導師はいわゆる天使のような外見をしていて、背中に羽根が生えている。種族は有翼人だが、他のプレイヤーで同じ種族の人は今のところ見かけていない。

《旧アストラルボーダー》においても希少ではあったが、プレイヤーの中にも有翼人はいた。普通のプレイヤーが行けないところまで飛行して到達していたりして、羨ましいと思ったものだ。

「よく戻られました。あなた方に祝福のあらんことを」

ネオシティの天導師は女性で、この辺りでは手に入らなさそうな防具を身に着けている。NPCにも攻撃できるのがこのゲームの特徴だが、だいたいは『完全防御』の能力がついている防具を身につけているので、ダメージが通らずに無力化させられ、監獄《かんごく》に送られることになる。

デスゲームであると知ったことで自暴自棄《じぼうじき》になってしまい、街の女性NPCを襲うプレイヤーもいた――そしてNPCに危害を加えると監獄に送られると広まったあとは、孤立している女性プレイヤーが狙われるようなことも起きた。

――いくらログアウトできないからって、理性を失ったら人として終わり。

ミアとイオリはパーティを組むまで一人で、他のプレイヤーの悪意を向けられることもあったという。

ソウマも組んだ相手が戦闘中に逃げてしまったり、大人数での作戦に参加して捨《す》て駒《ごま》にされそうになったりと苦労をしていて、俺たちと出会ったばかりの頃は、誰も信用しないという目をしていたものだ――本来は、良いやつすぎるほど良いやつだったが。

「お兄ちゃん、天導師さんに話を聞かないと」

「ああ、そうだな……地下道に入ろうとしたら、一度ここに戻ってくるように言われたんですが」

「まだ冒険を始められたばかりのあなた方に、このようなことを相談するのは心苦しいのですが。近頃、地下道に魔物が出るようになり、住民が困っているのです」

これを一人ひとりのプレイヤーに言っているわけだが、誰かがクエストを受けているときに他の人が受けられないと困るので、地下道には常に魔物がいる状態だろう。一時的に全部倒されていなくなることはあるだろうが。

「その魔物を倒してきます。そうしたらレベルを上げてもらえるんですね？」

「はい、レベル５までは私のところで上げることができます。そこからは、経験点を貯めることで自動的にレベルが上昇します。レベルには上限がありますが、それはゲームを進めていくことで解放されます」

チュートリアルらしいセリフだが、レベル５まではホームであるネオシティを拠点にして活動しろということでもある。

ずっと練習用の木人を殴《なぐ》ってレベル５に上げる人もいるが、やり方は人それぞれだ。他の町に転移する方法はあるが、一度行ったことがある場所にしか転移できないので、最初から難度の高い迷宮に飛ぶには転移手段持ちの人に力を借りる必要がある。

何にせよ、まずチュートリアルを普通に進めて、エアがゲームに慣れてから行動範囲を広げるべきだろう。

「この回復用のアイテムをお持ちください。ご武運をお祈りしています」

《青ヨモギの葉を5個取得しました》
《黒スグリの実を3個取得しました》

一人一人に回復アイテムが支給される。ライフが30回復する葉っぱと、レベル1の毒を消すことができる黒い実だ。

「ヨモギって、草餅《くさもち》をつくるときに使うやつ？　ちょっと苦そう」

「まあ苦いと感じるかもしれないが、VRだからな。口に入れてキツイようなものはないと思う。青ヨモギが体力回復、黒スグリは毒消しだな」

「食べなくても回復できるアイテムとかはないの？　夜に食べるのは、ゲームの中でも気になるっていうか……」

「ははは、そういうアイテムもあるけど、最初は高いぞ。序盤は黒パンをかじりながら戦ったりするもんだ、手に入りやすいから」

「あはは、食パンを食べながら戦ってて、魔物にぶつかっちゃったりして」

パンの回復効率がいいからと一部のプレイヤーに買い占《し》められ、パンが食べられなくなったことを思い出す――ゲーム内で空腹でも、リアルで腹が減ってるわけじゃないから、今はそん

いたりしないよね？」


なことにはなりえないが。

「よし、それじゃ行ってみるか……エア、ネズミとか平気か？」

「地下道だからそうなのかなーと思ってたけど、やっぱりそうなんだ……黒くて素早いのとかいたりしないよね？」

「どうだろうな、いないはずだけど」

「えっ、や、やだ、絶対いないって言って、お兄ちゃんっ……！」

「じゃあ俺が先に行って、様子を見てこようか？」

「……お兄ちゃんと一緒に行く」

妹が袖《そで》を掴《つか》んでくる――ＶＲ技術も凄《すご》いものだ、腕にはなんのデバイスもつけてないのに、触られているのが分かるのだから。

俺もβテスト版のことをよく知っているとは言えないので、妹が怖がっているようなことにはならないと言い切れなくて、それは申し訳ないと思うところだ。

◆◇◆

地下道に入ると、下水道らしい水路があるのだが、水は特に汚れてはいない。これはゲームの美点といっていいところだ。

《旧アストラルボーダー》の地下道は、控えめにいっても良い環境とはいえなかった。入るだけでマスクが必要だし、そのマスクを作るために魔物を狩る必要があって――レベル2になるだけでも苦労させられたものだ。

「うぉっ、痛え……痛くねえ！」

「ちょ、ネズミはやっ！　嫌だ、こんなところで死にたくなーい！」

「落ち着いて攻撃すりゃ当たる！　うわっ、動くな、当たらないだろ！」

チュートリアルだけあって、レベル1のプレイヤーがネズミを相手に四苦八苦している――

可愛《かわい》らしい見た目のわりに素早く、前歯を剝《む》き出して攻撃してくるのが凶悪だ。

「お兄ちゃん、なにか丸っこいのが来るっ……！」

「そいつがネズミだ。体当たりしてくるから気をつけろよ！」

《ラウンドラット3体とエンカウント》

「チチッ……！」

水場をものともせず、水面を滑るようにして走ってきたネズミが、水路を挟む足場を蹴《け》ってこちらにタックルしてくる――しかし。

（――攻撃の軌道が単調だな）

「っ……お兄ちゃんっ……!?」

飛んでくる軌道は真っ直ぐで、タイミングを見て横に避けるだけだ。他のプレイヤーは大きくジャンプしたり、水路に飛び込んだりしてまで回避しているが、そこまでする必要はない。

　俺が知っているチュートリアルのネズミは、こんな正直な動きをしていなかった。生き物として こちらの命を狙ってくる――クリティカル狙いで首などの急所ばかりを執拗《しつよう》にターゲットしてくる、小動物とはいえ侮《あなど》れない相手だった。

「――チチッ！」

　三体が連携してこちらを狙ってくる――そうすると攻撃パターンが変わるが、それも読み切ることは容易だった。

《ラウンドラット1の攻撃をレイトが完全回避》
《ラウンドラット2の攻撃をレイトが完全回避》
《ラウンドラット3の攻撃をレイトが完全回避　回避ブレイク発生》

（ん……こんなシステムがあるのか）

　三回連続で『完全回避』を行った瞬間、俺以外の時間が止まったように見える――チュートリアルなので、こういうシステムを紹介する側面もあるのかもしれない。

《レイトが『マルチプルルーン』を発動》
《レイトが『ウィンドルーン』を発動》

エアに経験を積ませるために、二体に向けて普通の『ウィンドルーン』を放つ。すると――着弾の瞬間、思っていたよりも派手なエフェクトが出て、ラウンドラット二体は天井や壁にバウンドしながら飛んでいって消滅した。

「――ふっ！」

「チチィッ⁉」

最後の一体はロッドで攻撃する――ドム、という手応えと共にラウンドラットを弾き飛ばすが、想定通り一撃で仕留めてはいない。

「エア、頼むっ！」

「うん……っ、やぁぁっ！」

エアはバトンを回転させてから、ラウンドラットを叩く――星屑《ほしくず》のようなエフェクトを散らして、ラウンドラットは爆発四散した。

《ラウンドラット3体をレイト、エアが討伐》
《触り心地の良い綿毛を3個取得》
《意外に硬い歯を1個取得》

チュートリアルの素材名は冗談のような名前だが、『意外に硬い歯』は一応レアで『砥石《といし》』

の材料になったり、アクセサリーの材料になったりする。

「良かった、やっつけられた……お兄ちゃん、やっぱり凄く上手《じょうず》なんだ。ひょいひょいって避けちゃって、全然当たらなかったね」

「まあ、最初の敵だからな」

現実で使えるスキルをゲーム内で使っても切り札にはなるが、他にも一つ、俺には有利な点があったようだ——三年半分のＰＳ《プレイヤースキル》がそのまま通用している。

『回避ブレイク』ということは、他にもブレイクを起こす方法はあるのかもしれない。クエスト達成と表示されていることだし、もう脱出するか——と思った矢先。

「——なんじゃこりゃぁ！」

「お、おい、こんなの聞いてねーぞ！　ええい、逃げ逃げっ！」

「ちょっと待って、私も……あっ、やばっ、何か身体《からだ》が動かない……ま、麻痺《まひ》……っ⁉」

地下道の奥から声が聞こえてくる——予期しないモンスターが出てしまった、それは聞こえてくる声だけでわかる。

逃げてきたプレイヤーたちが、次々に地下道から出ていく。奥に進んでやられてしまい、もしデスペナルティを受けたら。そんな考えが頭を過《よぎ》る、しかし。

「お兄ちゃん、まだ誰か奥にいる……助けなきゃ……！」

エアがそう言うなら逃げるわけにはいかない——チュートリアルで強いモンスターを出して驚かせるなんて、ゲームでは良くあることだが。往々《おうおう》にして、逃げるしか選択肢《せんたくし》がないこともある。

だが、強敵を倒すことができるチュートリアルも存在する。それが可能なのか見極めて退くのも無理ではないはずだ。

「行ってみるか……エア、俺が前に出る」

「大丈夫だよ、私も身のこなしには自信あるから」

確かに、初めてVRMMOをしたにしては、エアは操作がかなり上手《うま》い。勘がいいというのか、イメージでキャラを操作するのに長《た》けているというのか。

「分かった。俺は麻痺してるプレイヤーを助けるから、エアは敵の注意を引いてくれ……攻撃はしなくていい、避けに徹するんだ」

「了解っ……！」

薄暗がりの地下道の奥に、広くなっている場所がある――そこにはラウンドラットとは比較にならない、大きな体躯《たいく》のシルエットが見えていた。

8　声

撤退するプレイヤーたちに逆行して走っていく。そんな俺たちに、逃げてきたプレイヤーが慌てて呼びかけてくる。

「お、おいっ！　今奥に行くとやべーのがっ……」

「負けイベントってやつだ、死に戻りしてもノーリスクだろ……っ！」

もし見るからに敵が強すぎるのなら、彼らの言う通りかもしれない。だが、デスゲームにおいては『負けイベント』なんて甘いものは存在しなかった。

勝てないかもしれない、逃げられない。そんな相手に挑んでしまっても諦めることは決して許されない。ダメージを受ければ激痛が走り、当たりどころが悪ければ部位欠損すら発生する。

これはゲームだと分かっている。それでも、他のプレイヤーが倒されるところを黙って見ていたら、自分が何かを失ってしまう気がする。

――助けられる人がいたら、助けよう。後悔《こうかい》を重ねて、自分が自分でなくなるよりはいい。

ソウマのその言葉を偽善と呼んでいた俺に言ってやりたい。ゲームクリアするまでに、お前の考え方は変わってしまうが、それも悪くはなかったと。

(助けられるのなら助ける。たとえリスクを冒してもだ)

《ラットエンペラー1体とエンカウント》
《他プレイヤー情報：サツキ　麻痺　毒スリップダメージ》

見上げるほどの巨体を持つ、ボールのような体型のネズミ――ラウンドラットの親玉であり、ユニークモンスターだ。

「私の方を向いて……っ！」

エアの声に反応して大ネズミがエアを標的《ターゲット》にする。麻痺しているプレイヤーを優先して攻撃しないAIだったのは幸いだった。

《レイトが強化魔法スキル『エンチャントルーン』を発動　付与魔法指定なし　遠隔発動》

炎魔法を付与したらエアの『ウッドバトン』を燃やしてしまうし、敵の耐性が完全に把握《はあく》できてもいない——ここは無属性で様子を見る。

「——えぇいっ！」

エアは大ネズミの側面に回り込み、攻撃される前に魔力をまとったバトンで先制攻撃をする。大ネズミの頭の上に数字が出て、ライフゲージが減る——わずかに一ミリ減ったかどうか、というところだ。負けイベントならば簡単に倒せない強さなのは仕方がない。

「チチチ……チチィッ！」

「——エア、来るぞ！」

《レイトが強化魔法スキル『スピードルーン』を発動　即時遠隔発動》

《ラットエンペラーが攻撃スキル『パラライズニードル』を発動》

大ネズミが体毛を針のようにして飛ばしてくる——エアは呪紋《ルーン》の効果で加速して攻撃をかわ

しきるが、その行動が大ネズミの怒りを溜めてしまう。

《ラットエンペラーが怒り状態　ATK上昇　DEF低下　SPD上昇》

（まずいな……どれくらいの倍率で強くなる？　10％や20％ならいいが、もしそれ以上なら……！）

「あ、あたしのことはいいから逃げなよっ……死に戻りするの怖いでしょ、こういうゲームでっ……！」

麻痺した状態でも、彼女――サッキはそんなことを言う。だが、それはそのまま彼女にも当てはまることだ。

「誰でも怖いだろうな……だから、お互い様なんだ……！」

麻痺を解くために必要な回復魔法レベルは3。オーラの消費もその分多くなる――ラットエンペラーのライフを削《けず》りきることは難しい、だが。

「麻痺が治ったら走れ！　全員で生き残るぞ！」

「っ……そ、そんなこと……キミもレベル1なのに、できるわけ……っ」

《レイトが回復魔法スキル『リフレッシュルーン』を発動　即時遠隔発動》

《レイトが強化魔法スキル『スピードルーン』を発動　即時遠隔発動》

「あ……な、なんで？　動ける……っ、毒も消えて……」
「エア、ここから逃げるぞ！　レベル1じゃこいつは倒しきれない！」
「っ……お兄ちゃん、駄目、私がマークされてるっ……！」
「──チュァァァッ！」
《ラットエンペラーが攻撃スキル『ネイルスラッシュ』を発動》
《エアのコットンクロースの耐久度低下　小破》
「──エアッ！」
「だ、大丈夫っ……まだ大丈夫だよね……っ」
ネズミとは思えない発達した爪が振るわれ、エアの装備グラフィックが弾ける──派手なエフェクトに見えるが、装備の一部が破れた程度ですんだ。
《エアのライフが20％以下に低下》
《レイトが回復魔法スキル『ヒールルーン』を発動　即時遠隔発動》
しかし爪がかすっただけでもライフをごっそり持っていかれる。即座に回復魔法を使うが、オーラの低下で視界がぼやける――オーラが最大値の20％以下になるとバッドステータスが生じ、10％以下ではまともに戦うこともできない。

「――こんのぉぉぉぉっ‼」

逃げるように言ったはずだ――しかし、サッキは持っていた何かを大ネズミに投げつける。

《サツキがアイテム『クラッカー』を使用》
《ラットエンペラーがスタン　一時的に標的ロスト》

「チュチユウッ……⁉」

派手な炸裂音《さくれつおん》と閃光《せんこう》――大ネズミが怯《ひる》み、標的のエアを見失う。

序盤では貴重なはずの、攻撃用の消費アイテム。サツキはそれを惜しみなく投げつけて、大ネズミの行動を止めてくれた。

「もうこれで打ち止めっ……ごめんね、先行くから！」

「お兄ちゃん、私たちも……っ！」

サツキとエアが離脱する――俺もその後を追いながら振り返り、ラットエンペラーの短いスタンが解除され、こちらに再び殺気を向ける姿を見た。

《ラットエンペラーが攻撃スキル『パラライズニードル』を発動》

ユニークモンスターの、プレイヤーを逃すまいとする執念。大ネズミの赤く輝く目に、忘れていた感情を思い出す。

——相手が自分より強いかもしれないと思ったとき、逃げる判断は早いほうがいい。

——決して臆病だからじゃない。僕たちはいつか勝つために生き延びるんだ。

——生きて、生き抜いて、諦めないで、元の世界に帰りましょう。

これはゲームだ。死んだって何かが変わるわけじゃない、レベル１に課せられるデスペナルティなんて大したものじゃない。

「——お兄ちゃんっ……！」

もうオーラは尽きかけている。それこそこんなスキルを使えば、その時点でブラックアウトして終了だ。

それでも可能性があるのなら。生き延びるためにできることが残されているなら——。

「——おぉぉぉぉっ！」

《レイトとエアのリンクボーナス発生　ＯＰ回復》

《レイトが特殊魔法スキル『カウンターサークル』を発動》

『パラライズニードル』が俺に届く一瞬前に、わずかに力が湧き上がる――そして、かざした右手の先に円形の呪紋《ルーン》が浮かび上がる。

「チチィッ……‼」

《レイトが『パラライズニードル』を反射　ラットエンペラーが麻痺《まひ》》

《ラットエンペラーの特殊ドロップ条件を達成》

「お兄ちゃんっ……！」

麻痺して仰《の》け反《ぞ》った大ネズミが何かを落とす――残りの魔力で『キネシスルーン』を発動させ、念動力でドロップを回収して離脱する。

サツキはもう地下道から出て、エアが出口で俺を待っている。オーラ切れで俺の身体《からだ》の動きが鈍くなったところに――エアだけでなく、戻ってきたサツキが現れ、俺の手を引く。

言葉もなく、ただ必死だった。朦朧《もうろう》とした意識の中で腕を引かれ、目の前が白く染まる。

地下道から外に出られたのか。これはマップ切り替えのエフェクトなのか――分からない。

何かのバグなのかもしれない。けれどそれは、決して錯覚《さっかく》ではなかった。

――懐かしい。懐かしい誰かが、すぐ近くにいる。

『……やっぱり変わってない。レイトは、レイトのまま』

声が聞こえる。抑制された静かな声——ひどく懐かしく、胸に痛みを覚える。

俺は声を出すことができない。すぐそこに気配を感じるのに。

あれほど会いたいと願った仲間の一人。その存在を確かに感じるのに。

『また会えて嬉しかった。私は……を、通して……今は……』

何かを伝えようとしてくれている。けれど言葉は途切れ途切れで、その半分も聞き取れない。

声にならない声で叫ぶ。彼女が行ってしまう——。

『——イオリ、どこにいるんだ！　ソウマとミアはっ……！』

『……私たちは、まだ……探して……』

これはゲームだ。俺たちがいた『あの世界《デスゲーム》』とは全《まつた》く違う。

それでもここに手がかりがあると考えたのは、的外《まとはず》れじゃなかった。

イオリは確かに俺に語りかけてきている。俺がこのゲームにログインしたことで、『向こうの世界』に何らかの形で通じている。

俺が仲間たちに会いたいがために見た夢で、幻だと言われても無理はない。

誰にも信じてもらえなくても、イオリの声が聞こえたと信じる。イオリ、そしてソウマとミアも、必ず生きている。


『絶対にもう一度会える……俺は諦めない。だから、皆も……っ』


もう声は聞こえない。白い闇の中で、その場に膝をつき、天を仰《あお》ぐ。

頬《ほお》に涙が伝い、止めどなく溢《あふ》れる。

手がかりが何も見つからないまま、時間だけが流れて、もし会うことができても互いのことが分からなくなって——それを想像するのが怖かった。

俺が今プレイしている『βテスト版』は、デスゲームだった『旧アストラルボーダー』とは違う。手がかりを探しても、徒労に終わるかもしれない。

そんな迷いは、今はもう消えた。イオリの声が聞こえた、その理由が今は分からなくても、必ず答えを見つけてみせる。

目を閉じると、意識が別の場所に向かう感覚があった。次に目を開けたとき、俺はおそらく地下道の外にいる。

エアに心配をかけているかもしれない。サツキはまだ残っているか、それとも行ってしまったか——いずれにせよ、最初の言葉は謝罪からになりそうだった。

第四章

1　探しもの

《接続が安定しました　ゲームを再開します》
《十五分以内に通常ログアウトを行い、休憩してください》
ナビの声が聞こえる。地下道じゃない、辺りは明るく――誰かが、俺の顔を覗《のぞ》き込んでいる。
「良かった……お兄ちゃん、起きた」
「……エア。俺、気を失ってたのか？」
「びっくりしたよ、本当……外に出てきたはいいけど、気を失っちゃってるんだもん。ＶＲＭＭＯだから、私たち二人でも運べたんだけどね」
《ここはネオシティ第三公園です》

地下道からほど近い公園。ネオシティの中に五つある小さな公園の一つだ。

頭の下に、柔らかい感触がある。ＶＲＭＭＯ内における触覚は現実のものとは違うが、それでも分かる――自分が膝枕をされていることは。

「っ……わ、悪い、エア。重かったろ」

「う、うん……じゃなくて、ゲームの中だから大丈夫だよ」

「あはは……あんなに度胸あるのに、妹さんの前だと可愛《かわい》いんだ、お兄さん」

「……えーと、サツキさんだったか。一応助けた人に向かって、それはないんじゃないか」

「サツキ？　……あ、私のことだった。ごめん、まだ始めたばかりで、その名前で呼ばれるの慣れてなくて」

サツキは肩くらいの長さの髪に触れながら、照れ笑いをする。彼女の種族は人間で、ログインした時に判定される彼女の髪色は、水色と緑の中間――そのまま、水と風の属性に適性があるということだ。

容姿は現実のものがそのまま反映されるわけじゃないが、俺たちと変わらない歳《とし》に見える。

「サツキさんは、どうしてこのゲームを始めたんですか？」

「ん？　んー……ちょっと、このゲームで探してるものがあって。話すと重くなっちゃうから、詳しくは言えないんだけど。ごめんんね」

「っ……もしかして、誰かを探してるんですか？」

彼女も、俺と同じ目的を持ってここにいる――『探しもの』という言葉に、期待が胸を過る。

しかし、サツキは俺の質問には答えなかった。

「……こんな顔したら分かっちゃうと思うけど。そう、お兄さんの言う通り。でも、あたしももうちょっと一人で頑張ってみたいんだ。そうするのが義務っていうか……言ってることふわふわしてるよね、ごめんね」

「いえ。すみません、俺こそ初対面でそういうことを聞いたりして」

「……お兄さん、ゲームの中だとそのままの見た目にはならないみたいだけど、私と同じくらいじゃない？　言っちゃうと、私高一なんだけど」

「あ、俺も高校一年です」

「私は中学二年生です。あ、夜ふかしはお兄ちゃんと一緒なので大丈夫です」

「あはは……あたしが中学生の時は、今の時間にはもうぐっすり寝てたよ。お兄ちゃんと一緒にゲームなんていいよね、一番近くに一緒にやれる人がいるんだから」

「はい、本当にそう思います。お兄ちゃん、私と一緒にやってて凄《すご》く楽しいって言ってくれます」

「……まあ楽しいというか、このゲーム自体がよくできてるのは否定しないというか……ちょ、脇を突《つつ》かないでくれ。痛くないけど痛い気がする」

エアの無言のチョップを受けて怯《ひる》む俺を見て、サツキは笑う――けれど、どこか寂しそうにも見える。

「あ、あの……サツキさん、まだ始めたばかりだったら……」

「お兄ちゃん、えーと、レイト君でいいの？　同級生なんだし、そんなにかしこまらなくていいよ。ほんとならあたしの方が敬語使わなきゃいけないくらいだよ、助けてもらったし」

「ああ、そうか……そうだな。えーと、サツキ……って言うと馴《な》れ馴《な》れしいかな」

「それでいいよ。エアちゃんとレイト君ね。あたし、レベルが上がったら学校の友達と合流する予定なんだけど、それまで一緒についていってもいい？」

「わぁ……嬉しいです！　知り合いが増えたらいいなって思ってたので」

「あはは、あたしも嬉しい。まさか助けてもらえると思わなかったしね、たぶんあれって絶対勝てないやつなんでしょ？」

「絶対じゃないけどな。おそらくレベル１じゃないと遭遇《そうぐう》できないから、そういう意味では不可能に近いと思う」

「レイト君、倒せるの？　あの大ネズミ」

つい、悪い癖《くせ》が出てしまった——ゲーマーというよりデバッガー寄りの思考だが、『普通は倒せないボスを倒したらどうなるか』を試してみたくなる。

「なーんて、無理しないでレベル上げちゃった方がいいよね」

「まあ、確かにな。逃げるときにドロップアイテムが出たから、それで良しとしておくよ」

「え、アイテム出たの？　どれどれ、見せて見せて。あ、私口は堅いし、欲しいとかも言わないよ」

《警告　サツキとパーソナルエリアが干渉しています》

「っ……きょ、距離が近い。警告が出てるぞ」

「あ、ほんとだ。あれ、エアちゃんが膝枕してるときは出ないの？　こういうの」

「フレンド登録するか、パーティ登録すると警告は出なくなる……はずだけど。エア、どうした？」

「ううん、なんでも。お兄ちゃん、サツキさんの……当たってるなって思っただけ」

「っ……い、いや、これはグラフィックが接触してるだけだから」

「ご、ごめんねエアちゃん、あたし気になることとかあると、つい前のめりになっちゃって……レイト君もごめんね」

人懐っこい性格だというのはこれまでのやり取りで分かってはいたが、それで今度は照れられると落差が大きい。

《警告　サツキとパーソナルエリアが干渉しています》
「えーと、距離が離れてないんだけど……」
「これってフレンドになったら解除されるんじゃないの？　私フレンド、レイト君は友達」
「片言にしても変だが……じゃあフレンド申請を送るから、それを承諾《しょうだく》してくれ」

「はーい。あ、きた。フレンドになりますか？　私たちまだ知り合ったばかりだけど、友達からで良かったら、やぶさかでもないかな」

「サ、サッキさん。それだとフレンドじゃなくて、お兄ちゃんとお付き合いするみたいですよ。うちのお兄ちゃんにはまだ早いです、そういうの」

「エア、逆に話がややこしくなるから……」

《サツキがフレンドリストに追加されました》

そう言っているうちにフレンドが成立する——するとどうなるか。パーソナルエリアに入っても接触判定がなかったのに、フレンドになると判定が生じる。

「ひゃっ……」

「わ、悪いっ……というか近すぎるとそうなるんだ、分かってくれたか？」

「はぁ、びっくりした。でも触れてる感じが、なんか普通と違うっていうか……」

「それは、リアルすぎても問題あるからな」

大人向けのＶＲＭＭＯというのもあって、そっちでは触覚もリアルだそうだが——俺にはまだ早いので無縁の世界だ。

「あ、レベル上げるつもりだったのにこんな時間になっちゃった……続きは明日にしようかな。アイテムも明日見せてくれる？」

「ああ、フレンドになればログインしてるかどうか、どこにいるかも分かるし、メッセージも送れるからナビ、フレンド、メッセージと入力すればできるよ」

「まだ頭の中で思い浮かべる感じが難しいんだよね……そういうのが上手《じょうず》だと、レイト君みたいにレベル１でも強くなれるのかな」

「そうかもな。プレイヤースキルというか、入力に慣れるのは重要だと思う。さっきの動きを見る限り、サツキは上手《うま》くなると思うよ」

「あ、嬉しい。このゲームで何をするにも、まず上手くならないとね。レイト君は経験者ってことなのかな」

「……それは、ノーコメントにさせてくれ」

テストプレイヤーだったことは明かしてはいけない、それはテストに参加する条件の一つだ。デスゲームに参加していたというのが俺にとっての真実でも、それは言えない。同じ思いを味わった人間にしか、今は明かせない――このゲームをプレイできなくなるような事態は避けなくてはならない。

「じゃあ、同じ始めたばかりの仲間ってことで、これからもよろしく」

《サツキがログアウトしました》

ログアウトはどの場所からも可能だ。サツキのグラフィックが光に包まれて消えるとき、彼女は俺とエアに手を振っていた。

「さて……お兄ちゃん？」

「な、なんだ……怒ってるのか、エア。さっき無茶したからか？」

「そうじゃなくて、私たちもログアウトしてから家族会議だよ。議題はゲームの中ではとても言えないようなことです」

心当たりはありすぎるほどにあるのだが、グラフィックが触れただけであって、サツキの胸が触れたといってもそこまで怒られることではないと思いたい。

「……ん？」

「お兄ちゃん、どうしたの？」

「いや、誰かに見られてたような気がして……気のせいかな」

「そんなこと言って、話をそらそうとしても駄目だよ？　私は妹として、お兄ちゃんを監督する義務があるんだから」

そんなのはもちろん初耳だ。ゲームの攻略がなかなか進まないが、妹に今後も協力してもらうためにも、家族会議——もとい、一対一での尋問的なものを穏便にくぐり抜けたいところだ。

2　夜十二時の神崎家

体調は問題なかったが、ナビから推奨《すいしょう》された時間を過ぎる前にはログアウトした。

《お疲れ様でした　またこの世界でお待ちしております》

ナビが挨拶《あいさつ》をしたあと、神経接続が切れる。ダイブビジョンの有機液晶に映し出された映像が消えたところでロックを外し、脱着する。

「お兄ちゃん、お疲れ様……」

ベッドで寝た姿勢でダイブしていたエアが、起きてきて俺に声をかけてくる。何気なく椅子《いす》を回して向き直ると、エアが俺の肩に手を置いてくる――サツキに引き続き、うちの妹も距離感が近い。

「な、なんだ？　俺の顔に何か……」

「……お兄ちゃん、泣いてたの？」

「っ……い、いや……」

しまった――と思っても既に遅い。エアは俺の頬《ほお》に触れて、指で涙のあとを拭《ぬぐ》ってくれる。

「大丈夫、自分でやるから。英愛《エア》の手が……」

「そんなこと気にしなくていいの。やっぱりそうだったんだ……お兄ちゃん、目を覚ますまで、少し苦しそうにしてたから」

何があったのか、全《まった》く言わずに誤魔化《ごまか》すことはできそうにない。心配してくれた妹に対して不誠実だ――だが、全てを言うこともできない。

「……夢を見たっていうか。少し、思い出したんだ」

「そうだったんだ……お兄ちゃんが、前にゲームしてたときのこと？」

「ああ。でも、心配はしなくていい。俺も、このゲームで探したいものがある。だから、これからも時間があればログインは続ける」

「うん、分かった。お兄ちゃんがやりたいなら、私はいつでもいいよ。今日だって、それが楽しみで待ってたくらいだし」

「そうか。エアも楽しんでくれてるなら良かった」

「あ、そうだ……お兄ちゃん、あのアイテムってなんだったの？　『ラットエンペラー』が痺《しび》れたときに落としてたよね」

「ああ、魔石っていうやつだな。普通の魔物も出すんだが、かなり落とす確率が低いから、高額で取引されるやつだ。装備を整えるために売ってもいいかもな」

「えっ、そんなに凄《すご》いのが出たの？　あの大きいネズミ、そんなの持ってるって分かったらみんなに狙われちゃうんじゃ……」

「他のプレイヤーの様子を見る限りじゃ、おそらく確実には出ないやつだ。サプライズで出たり出なかったりなんだろうが、レベル１では勝てないし、ドロップ条件を満たすにも準備がいる……えーと、ゲーム用語っぽくなってるけどついてこれるか？」

「あはは……半分くらいは分かるような。ゆっくり教えて、お兄ちゃん」

ゲーム自体はあまりやってこなかったようだが、ＶＲＭＭＯに必要な思考入力《コントロール》は自然にできている。ダイブビジョンが初心者にも扱いやすいというのもあるだろうが、英愛には才能があるといえるだろう。

「じゃあ、攻略サイトでも見ながら教えるよ。これが魔物のデータだけど、魔物の落とすアイテム……ドロップが設定されてるだろ」

「ふむふむ……えっ、０・03％って書いてあるけど、こんなに確率が低いの？」

「それくらいの確率だとまだ甘いくらいで、もっと低くなることもある。まあ、雑魚《ざこ》モンスターが簡単に貴重なアイテムを出すほど甘くはないってことだな」

「ふーん……あ、『幸運ウサギの綿毛』だって。０・００１％……これを取れた人が幸運なんじゃない？」

「まあ、そうだな。でも出るときは出るもんだよ、それくらいの確率でも」

「おみくじで大吉引いたときに出てきたりするのかな？　明日の帰りに神社に行ってこようかな」

「それはいい考えかもしれない……なんてな。神頼みよりは、数をこなすこと、無心になること。欲しいアイテムを狙うときはそれが一番だ」

「欲しいものが出てきちゃって、それがすごい低確率だったりしたら、ゲームにはまっちゃいそう……私、結構凝《こ》り性《しょう》だから」

ゲームに熱中できるというのも一つの才能だ。努力できることが才能といわれることがあるが、それは何についてもいえることだろう。

「ふぁ……もうこんな時間になっちゃった」

「ああ、じゃあそろそろ……どうした？」

英愛は何か言いたげに俺を見ている——俺に意図を汲《く》み取ってほしいということみたいだが、そうじっと見られても困ってしまう。

（というか、外れてると俺が恥ずかしいんだが……もう寝るってタイミングでこの様子ということは、そういうことだよな……）

「……お兄ちゃん、あ、あのね……」

「あ……そ、そうか。分かった、あれだな。まだ一人で寝るのは不安か？」

「そ、そんなに怖いってわけじゃないけど、せっかくお兄ちゃんがいるなら、近くにいてくれたほうが安心するなと思って……」

「せっかくっていうのか、それ……ま、まあそれはいいんだが……じゃあ俺は寝袋で寝るから、英愛はベッドを使うといい」

「駄目。そんなことしたら、身体《からだ》が痛くなっちゃうよ？」

「それくらいならどうということも……」

「お兄ちゃんもベッドで寝るの。私、そんなに寝相悪くないから大丈夫だよ」

そういう問題でもないと思うのだが——ベッドがシングルではなく、少し大きめのものとはいえ、二人で寝るには普通に狭い。

「じゃあ、枕持ってくるね。毛布も持ってきた方がいいかな」

なし崩し的に、一緒に寝るということで話が進んでしまっている。妹はこうと決めると譲《ゆず》らないらしい――その頑固さは、兄妹で似ている気がしなくもないが。

～某掲示板　Ｏ：33～

155：ＶＲ世界の名無しさん
このゲーム、現実のスキルが使えるってマジ？

166：ＶＲ世界の名無しさん
βテスト期間だけ試験的にやってるらしいな
チートみたいなスキル持ちがプレイしたらどうなるんだろ

173：ＶＲ世界の名無しさん
討伐隊《とうばつたい》とかの人がゲームやるってこともないだろうけど
眠れるゲーマーの中に超スキル持ちがいたら面白いな

178：ＶＲ世界の名無しさん
うちのおかんが回復のスキル使えるんだけど、ゲームでも使えるって

まあ回復アイテムより回復量少ないし
確実に成功するわけでもないみたい

184：VR世界の名無しさん
母「たかし、回復スキルいりますか」
俺「……」

189：VR世界の名無しさん
＞＞178
＞＞184
仲いい家族だなw

195：VR世界の名無しさん
＞＞178
リンクボーナスってやつも確実に発動するわけじゃないんだよな
これの発動条件て、フレンドと一緒に戦ってりゃいいの？

203：VR世界の名無しさん

リンクボーナスは隠しで絆《きずな》ポイントってのがあって、それが高いと発動しやすいとか　ごめん今俺が考えた

２０８：ＶＲ世界の名無しさん
＞＞２０３
それっぽくて草
まずリアルで仲良くならないと駄目なんじゃね？
茶器とか贈って忠誠度を上げないと

２１４：ＶＲ世界の名無しさん
リアルの友達とやってリンクボーナスがいつまでも来なかったら気まずさ半端ないなｗ

２１９：スネーク＠ネオシティ
猪めぇ
ゲーム内で膝枕とか、羨《うらや》ましけしからん

２２４：ＶＲ世界の名無しさん

お、猪今日もログインしてたん？
銀髪エルフ妹はセットだった？

229：スネーク＠ネオシティ
＞＞224
その妹ちゃんの膝枕だよ
レベルマスターのクエストでやられると思えないんだけど
なんか地下道から出てきたときには猪やられてたな

233：VR世界の名無しさん
＞＞229
それ、エンペラー出たんじゃね？
あれって触られたら死ぬやつでしょ、聞いた限りだと

238：VR世界の名無しさん
猪、エンペラーのレア泥までゲットしてたりして

243：スネーク＠ネオシティ

このゲームって、現実の体型から補正されるよな
それであんなグラビアアイドルみたいなのおかしくね？って
２４７：ＶＲ世界の名無しさん
グラビアアイドルがＶＲＭＭＯして何がおかしいんですか！
……え、それって妹ちゃんのこと？
２５３：スネーク＠ネオシティ
妹ちゃんは遠くからしか見てないから可愛《かわい》いことしか分からない
もうひとり一緒にいたニューフェイスがね。
２５８：ＶＲ世界の名無しさん
＞＞２５３
ハーレムとか母さん許しませんよ！
２６５：ＶＲ世界の名無しさん
＞＞２５３
そろそろ猪には盛大に爆発四散してほしい

3　三つの最高値

朝――カーテンの隙間《すきま》から差し込む光で目を覚ます。

俺が起きる少し前に、妹は先に起きてベッドを出ていった。何かやりとりをした気はするが、寝ぼけていて記憶が曖昧《あいまい》だ。

制服に着替え、机の上に置いてあるスマホを手に取ると、雪理《せつり》からメールが来ている。

『おはよう、玲人《れいと》。今日の放課後はどうするの？　空いていたら、お昼までに一度声をかけてね』

お昼までと言わず、今のうちに連絡しておく。交流戦に備えるとしても、他のことで同行するにしても、一緒に行動するのはほぼ確定だ。

『おはよう。今のところ何をするかは決めてないけど、どうしようか。訓練所でも、特異領域《ゾーン》に入ってもいいしな』

メッセージはすぐに返ってこないと思っていたが――部屋から出るまでにすでに既読がつき、

返信が来た。

『装備品にはそれぞれランクがあって、公式戦で使える装備は上級までになっているの』

『私がいつも使っている剣は超級の武器だから、公式戦でそのまま使うことはできない。学園で借りられるものは中級までだから、試合に使うには少し物足りないわ』

　つまり、上級武装を調達できると試合でも有利になるということか。

　装備品の質も交流戦において求められる強さの一環ということなら、できるだけの準備をしておくに越したことはない。

『上級の装備は、購入はできないのかな』

『中級までが市販品の扱いだから、上級品は素材から作るしかないの。まず生産科で必要な素材を聞いて、それを集めてくる必要があるわ』

『なるほど。それは昨日入った「洞窟《どうくつ》」でも見つかるかな』

『ええ、おそらくは』

『持ってる素材でも何かできるかもしれないし、まずそれを相談してからにしようか。ちょっと縁あって、生産科の人と知り合ったから』

『じゃあ、昼休みになったらそっちに行くわね。待ち合わせ場所は一階のカフェでいい？』

『ああ。それじゃ、また昼休みに』

昨日古都《こと》先輩と話したときは、気配りが足りずに驚かせてしまった。今日はその失敗を踏まえて、慎重に話をしなくてはいけない。

◆◇◆

妹の友達二人が英愛を迎えに来て、俺も少しだけ彼女たちと話をした。

「あ、あの、お兄さん……ありがとうございますっ、学校で助けてくれたんですよね」

小柄なほうの小平《こだいら》さんが聞いてくる。まるで小動物のようだ——一緒にいる長瀬《ながせ》さんも、今日は緊張しているようだが。

「二人とも無事で良かった。学校の中に魔物が入ってくるなんてな……あんなことが何度もあっても困るけど、もしもの時はまた俺が行くから」

「やっぱり凄《すご》いんですね、冒険科の人って……お兄さんも優しそうなのに、魔物をやっつけちゃったんですよね」

「うん、うちのお兄ちゃんはヒーローだから。ゲームの中でも、現実でもすっごく強いんだよ」

「英愛、その話は……ああ、そうか。二人もやってみたいんだっけ、VRMMO」

何気なしに聞いたつもりが、二人ともその場で跳ねるくらいに反応する——そして、俺を見てこくこくと頷《うなず》く。

「あ、あるんです、ゲーム機。私の家にも、お、お姉ちゃんがっ……」

「紗鳥《さとり》はお姉さんがゲーム機を貸してくれるそうです。私もやってみたいって言ったら、お父さんが買ってくれました」

「そうなのか。今、妹と一緒に準備をしてるから。最初から一緒にはやれないけど、すぐに合流できるようにするよ」

「本当ですかっ……!?　良かったー、お兄さん、私たちみたいな下の学年の子とゲームなんて、めんどくさいかなって心配してて……」

「紗鳥には心配しすぎって言ってたんですけど、私も嬉しいです……私一人っ子なので、お兄さんと一緒にゲームって憧れてて」

「そうなのか。俺も英愛が付き合ってくれて、かなり有り難いというか……まあ、家族でやれると嬉しいよな」

英愛を見やると、なぜか俺から目を逸《そ》らす——何か失言をしてしまっただろうか。

しかし良く見てみると、英愛は耳まで赤くなっている。回り込んでその顔を見た小平さんも赤面し、それを見ていた長瀬さんも赤くなる——俺も赤くならないと駄目だろうか。

「じゃ、じゃあ……お兄さんと一緒にできるの、楽しみにしてます」

「それまで練習しておくので、よろしくお願いします。その、ゲームだけじゃなくて、他のことでも遊んだりできたら……」

「お兄ちゃんは忙しいから、時間のあるときにね。じゃあまたね、お兄ちゃん」

「あ、ああ。ちゃんと前見て走れよ」

英愛と二人が自転車で走っていくのを見送ったあと、俺もクロスバイクで走り始める。

中学校で一応俺が三人を助けたとはいえ、想定以上に慕《した》われている気がする——というのは自意識過剰《かじょう》か。

《神崎《かんざき》玲人様　一つ申し上げてよろしいでしょうか》

「ああ、どうした？　イズミ」

《神崎玲人様の能力値を参照した際に、多くの項目が人類の平均値を大きく上回っていると判断されました》

「そうなのか。人類って言われると、かなりスケールが大きく感じるな」

《神崎玲人様の能力値の中で、教養、精神、魔力については、理論上の最高値を大きく上回っています。速さについても非常に高く、陸上の記録保持者に匹敵《ひってき》します》

「え……俺より能力値が高い人も、世界のどこかにはいるんじゃないのか？」

《先程上げた三項目については最高値です。追随《ついずい》する人物も存在しません》

「……本気《マジ》で？」

《イエス・サー。本気《マジ》です》

イズミはそういった冗談も言えるのか――とあらぬ方向で感心しつつ、改めて『最高値』という言葉が重みを増してくる。

学園前の長い坂に出て、あとはギアを切り替えて登るだけだ。ちゃんと前を見ながら、ブレイサーから聞こえてくるイズミの声に耳を傾ける。

《300以上、つまりDランク以上と判定される能力値は優秀であると判断されますが、玲人様の能力値は、この数値のみで判断できない部分があります》

「それは……つまり、どういうことなんだ？」

《未登録の固有スキルの効果がどのようなものか、留意されてはいかがでしょうか。何かのきっかけで効果が判明する可能性もあります》

「……『魔神討伐者』か。これは称号みたいなものじゃないのか？　何か効果があるって感じもしてないいんだが」

《スキル欄《らん》に登録される以上は、スキルとしての効果内容《プロパティ》があると考えられます》

「そうか……確かにな。分かった、気に留めておくよ」

《恐れ入ります。当AIの作法《さほう》に問題がございましたら、お知らせいただければ幸いです》

「話し方のことか？　いや、それで構わないよ。堅苦しいのは苦手だからな」

《ありがとうございます。それでは玲人様、本日も良い学園生活を》

ちょうどイズミとの会話を終えたところで自転車を降り、正門をくぐる。自転車を置いてきったところで、登校してきた黒栖《くろす》さんの姿が見えた――彼女も俺に気づき、こちらに小走りでやってくる。

「おはようございます、玲人さん」

「おはよう。今日も元気そうだね、黒栖さん」

「はい。玲人さんとバディになってから、毎日学校に来るのが楽しみになりました」

「ああ、俺も同じだよ」

「っ……れ、玲人さん、それは……」

「俺も最初はどうなるかと思ったけど、冒険科にも慣れてきたし、学園でやることも沢山《たくさん》あるしな……黒栖さん？」

「は、はいっ、私もそう思います。そうですよね、やることが沢山あるので、今日も頑張らないと」

黒栖さんの受け答えがちょっと不思議な感じもするが、たぶん気のせいだろう。

「……れ、玲人さん、今日のお昼はどうしますか？」

「今日の昼は、購買にいる先輩と話す予定だよ」

「あっ……古都先輩と一緒に、お昼を……？」

「装備のことで相談をしようと思って。黒栖さんも一緒にどうかな」

「はい、私はいつでも大丈夫です」

その後教室に向かう間に、黒栖さんが小声で『良かった』と言った気がしたのだが、彼女が何を安心したのか、今のところは思い当たらなかった。

4　三分の一

教室に着いてしばらくすると、こちらの様子を見ていた南野《みなみの》さんがやってくる。

「お、おはようございます……神崎君」

「あ、ああ。おはよう」

ぎこちなく返事をする——昔だったらそれだけで陰キャの扱いをされてしまい、神崎君っていつもオドオドしてるよね、と言われてしまったところだ。

そういったこともあり、俺は基本的に、そこまで学校が好きではなかった。今はどうかというと、学校に来る意味が明確に見出《みいだ》せているし、居心地が悪いとは思わない。

「……南野さん、俺に何か？」

「あっ、えっと……別に何もないんだけど、挨拶《あいさつ》しなきゃと思って。黒栖さんもごきげんよう」

「は、はい。ごきげんよう、南野さん」

なぜ二人はお嬢様のような挨拶を交わしているのか——これは笑ってもいいところだろうか。南野さんが緊張しているので、笑ってはいけないという感じがする。

「……あ、あのね、今日の体育って、男子はバスケでしょ」

「ああ、そうなのか。冒険科でも普通の体育ってあるんだな」

「そう、私たちも同じ体育館でバレーなの。うちの体育館って四つもコート張れるんだよ、凄いよね」

「そんなに広いのか。訓練所もそうだけど、設備には本当に恵まれてるよな」

何気なく会話をしている——はずなのだが、南野さんの緊張は高まっていくばかりだ。なぜか隣の席の黒栖さんまで緊張している。

「だからその……えーとね……が、頑張ってっていうか……」

「ああ、頑張るよ。バスケはあまり得意じゃないけど」

「不破《ふわ》君はバスケ部だったけど、要注意は神崎君やって言ってたから。あ、関西弁っぽいのは気にしないでね」

「さすがに本職のバスケ部には敵《かな》わなさそうだけど、できれば点は取りたいな」

これもまたなんでもないことを言っているだけなのだが——なぜか、クラスのどこかから「おお」という声が聞こえてくる。

「もう訳がわからないくらい凄い人なのに、あの謙虚さは一体どこからくるの？」

「ほんとに爽《さわ》やかだよね……ていうか南野さん、最初と態度違いすぎない？」

「あれは仕方ないわ、あたしでもお手上げだもん。ていうか全校含めても最強かもしれないよね、神崎君って」

何か値踏みされてる感じがしなくもないが、悪評というわけではなく、良い方向で評価してくれているらしい。

「………」

窓際の席に座っている不破も、こちらを見て特に表情を変えるわけでもないが、挨拶するように手を上げてくる。一目置かれているということか、これまでの経緯からして俺を認めざるを得ないのか——まあ、穿《うが》って考えすぎるのも悪い癖《くせ》だ。

そうこうしているうちにチャイムが鳴り、武蔵野《むさしの》先生が教室に入ってきた。

「みんな、おはよう。今日も全員出席してるわね」

皆が席に戻り、朝のホームルームが始まる。しばらくすると、黒栖さんが俺の袖《そで》を控えめに引いて、小さな声で言った。

「私も応援してます、玲人さん」

体育の授業で誰かに期待されるということが、今までなかった俺としては、普通に感激するような出来事なのだが。徐々にでも、この落ち着かなさに慣れていかなくては。

◆◇◆

左手は添えるだけ——という場面はあったりなかったりだが、バスケは想像以上に『速さ』が物を言う競技だった。
「やべえ、神崎がもう戻ってる！」

「嘘だろ、あいつさっきこっちのゴール下にいたぞ！」

『スピードルーン』を使っているわけでもなく、素の速さだけで、俺は敵チームどころか、自分のチームまで混乱させてしまっていた。

「パスを神崎に集めろ！」

「神崎なら、神崎ならなんとかしてくれる！」

俺にパスを集めてくるが、ドリブルで相手を全員抜いてシュートを繰り返す競技ではないので、同じチームにいる不破にもパスを出す。

「――ナイッシュー、不破！」

「神崎のキラーパスやっべえ！　俺にも出してくれ！」

「長谷川《はせがわ》、おまえじゃ取れねえよ、神崎のパスは。受けられるのは俺だけだ」

そんなこともないと思う――とは、汗だくの不破を見ていると野暮《やぼ》に思えて、何も言えなくなる。

「神崎くーん、頑張ってー！」

「不破くんももっと走ってー！」

「うっせぇ……ったく、これだから女は」

「ははは……まあダブルスコアだけど、落ち着いていこう」

「ああ、神崎潰せばヒーローだからな。連中、遮二無二《しゃにむに》かかってくんぞ」

まだ同じクラスになって日も浅い。俺が突出した状態になって目立ちすぎるよりは、まだ本気でやれば勝てるかも、というくらいに思ってもらった方が良さそうなのだが——。

《玲人様、先ほどからステータス値の三分の一ほどしか力を出されていないようですが》

俺のステータスは、現時点で速さ752。それを三分の一しか出さなくても、スピードでクラスメイトを圧倒できる。

《旧ＡＢ《アストラルボーダー》》の頃の体感を思い出せば、皆の『速さ』は100前後ということになる。不破はさすがというべきか、150相当くらいのスピードは出ているようだが、それも俺には止まって見えるようなものでしかない。

（これは、普段はステータスを抑えた方が良さそうだな……って、何か中二病を患《わずら》ってる感じになってないか、俺）

「神崎、ジャンプボール頼む」

力を抑えようと思った直後に、また試される機会が訪れる——どれくらい高く飛んでも大丈夫なものなのか。しかし加減してボールを取られるわけにもいかない。

「——ッ！」

「神崎……飛んでる……？」

「まるで空中を歩いてるみたいだ……すげえ……」

「おらボーッとしてんじゃねえ、速攻だ！」

不破だけはいつもの調子を崩さずにプレーしてくれているので、それがとても有り難い。

最初は険悪な始まりだったが、これならクラスに溶け込んでやっていけそうだ。今後も力を抑えつつ、それでも一目置かれるような位置にいればいいだろうか。

「――神崎っ！」

不破が呼ぶ前にジャンプしていた俺は、空中でボールを拾って相手のゴールに叩き込む。もはや俺が知っているバスケではない超人競技になってしまっているが、黒栖さんに良いところを見せられたので良しとしておこう。

5　ファクトリー

昼休みに古都先輩に約束を取り付けたあと、俺と黒栖さんは放課後になってから雪理たち折《おり》倉《くら》班と合流し、生産科にやってきた。

「普通に牛とか育ててるんだな……あのガラス張りの温室みたいなのも、何か作ってるのかな」

「生産科で作っているものだけでも、学園内の自給自足を可能にしているの。風峰《かざみね》学園は、朱《と》鷺崎《きさき》市の中でも、安全な場所の一つだから」

雪理が説明してくれる。俺だけでなく黒栖さんも感心している様子なので、他の科のことは初耳なのだろう。

魔物がどこにでも出るような世界で、農業や牧畜を安定させるのは難しい――しかし学園の外にも水田や畑はある。

人々はリスクを承知で日々の生活を続けている。魔物の出ない世界にするなんて大それた考えかもしれないが、できるものならそうするべきだ。

「あれが生産科の『ファクトリー』よ」

雪理が指差す先にあるのは、風峰学園の中で今まで見た中でも、近代的――いや、近未来的な雰囲気《ふんいき》の建物。

生産科の生徒たちの姿が見えるが、作業服のようなツナギを着ていたり、研究者のような服だったりと、服装はさまざまだ。

「お疲れ様です、皆さん。よくお越しくださいました」

出迎えに来てくれた古都先輩は、ツナギ姿だ――購買での姿とはまたギャップがあるが、意外に似合っているのが不思議だ。

「初めまして、討伐科一年の折倉です。今日はよろしくお願いします」

「生産科二年の古都です。討伐科エースの折倉さんと会えて光栄です」

古都先輩の言葉に、坂下《さかした》さんと唐沢《からさわ》が照れている――やはり二人の雪理に対する忠義は厚い。

雪理本人は仕方ない班員たちだと言わんばかりだが。

「あの、玲人とはどういったきっかけで知り合ったんですか？」

「購買部にいらっしゃったので、そこでお話しをするようになったんです。せっかくですから、生産科としての本分でもご一緒できればと思いまして」

「そうでしたか……いえ、すみません。少し気になったもので」

雪理が笑顔を見せ、古都先輩もにっこりと微笑《ほほえ》む――初対面の印象は二人とも良いようだ。

「お嬢様、とても落ち着いていらっしゃいますね……」

「多少ハラハラしてしまいましたが、やはり神崎は節度のある男ですね」

「は、はい。玲人さんは、とっても真面目《まじめ》な人なので……」

何の話をされているのかと思いつつ、古都先輩に案内されて建物に入っていく。向かう先は、ファクトリー一階のミーティングルームだ。

◆◇◆

ミーティングルームに入ると、古都先輩がお茶を淹《い》れて出してくれた。

「交流戦に向けて、装備の更新をしたいと……かしこまりました。カタログをご覧になりますか？」

「カタログ品ではなく、素材を持ち込んで新調することはできますか？」

「はい、もちろん可能ですが……加工には、素材に応じて費用がかかります」

「交流戦用の予算はありますが、私的用途にも装備を使うことを考えているので、自費で製作したいと思っています」

俺も費用は自費で構わないが、どれくらいかかるものなのだろう。ひとまず、話の続きを聞いてみるしかない。

「カタログ品をベースにしないで専用のものを作るということですね。こちらでご用意があるのはセラミック、木材、炭素繊維《せんい》などになります」

「魔物素材で、ここで扱った経験があるものはありますか？」

ここからは俺が話を引き継ぎ、古都先輩に質問をする。彼女は違うファイルを出してきて俺に見せてくれた。

「学園内の特異領域《ゾーン》で得られるのは『魔鉄鉱』ですね。これは皆さん装備の改良によく使用されています。魔力を使ったスキルと装備の相性が良くなるんです」

「なるほど、魔鉄鉱……俺が持っている素材では、使えそうなものはありますか？」

古都先輩に緊張が走る——前に見せたときは気を失うほど驚かせてしまったが、今回は彼女も分かっているのか、深呼吸をしてから俺の所持品をタブレットに表示してくれた。

《神崎玲人様の所持品データを、古都帆波《ほなみ》様のタブレットに転送します》

神崎玲人の所持品：
ライフドロップ小　×６
オーラドロップ小　×６

疾風のエメラルド　×１
オークロードの魔石　×１
錬魔石×１
融合《ゆうごう》のカード　×１
炎熱のルビー　×１
翼竜のひげ　×２
翼竜のエキス　×３
竜骨石中　×３
ランスワイバーンの魔石　×１
魔像の魂石　×１
名称不明のデーモンの封魔石　×１
魔植物の蔦《つた》　×２
魔石の欠片《かけら》　×１
レッドジェム　×５
ブルージェム　×７
イエロージェム　×３
？硬貨　×１３８

「……あなたのことだから、凄《すご》いのだろうとは思っていたけど……理解を超えてしまっているわね。いえ、理解する努力はしているのよ」

雪理ですら動揺《どうよう》するほどのリストだったようで、坂下さんも言葉をなくしており、唐沢は眼鏡《めがね》に光が反射しているが、そのまま固まっている。

「疾風のエメラルド……これを組み込むだけで、装備の性能は上がります。それに翼竜のひげは、炭素繊維などよりも非常に強度が高く、魔力も通しやすいとされています」

「俺はロッドを使うんですが、これらの素材で使えそうなものはありますか？」

「『竜骨石』が使えると思います。これも『中』でないと使えなくて、『小』では用途が変わってきます」

竜骨のロッド――ひとまずセラミックのロッドより強いのであれば、装備を交換しておくのは悪くなさそうだ。

「ですが、加工費用は少し高くなってしまいます……竜骨は珍しい素材なので、造形のためにダイヤモンドを使う必要がありまして。ロッドを作るなら二十五万円ほどでしょうか」

「なるほど、それくらいですか。分かりました……ん？　みんなどうした？」

「神崎様、それだけのお金をお持ちとは……これまでの魔物討伐の成果ということですか？」

「持ち合わせというか、口座にはそれなりに入ってます。コネクターからの引き落としで大丈夫ですよね」

「はい、勿論《もちろん》です。学園内での決済は、原則としてコネクターで行っておりますので」

資金面では、今のところ問題は全《まった》くない。金があるからと気が大きくなりすぎるのは気をつけるべきだが、使うべきと思ったら使う。

「雪理も何か使えそうなものがあったら、遠慮《えんりょ》なく使ってくれ」

「ありがとう。でも、あなたを頼りすぎてもいけないから、素材はそれぞれ自分のものを使いましょう」

「はい、私たちもある程度、今まで手に入れたものがありますので」

雪理たちはそう言うが、チーム戦であればメンバー一人一人が強くなることで、チーム全体に貢献できる。

「黒栖さんはどうする？　俺と黒栖さんの素材はほぼ共有みたいなものだから」

「い、いいんですか？　私、いつも玲人さんに引っ張ってもらっているので……」

「遠慮しなくていいよ。黒栖さんが強くなったら、俺も嬉しいから」

「っ……は、はい……ありがとうございます……っ」

恐縮している黒栖さんだが、彼女の使う武器――リボンを強化できるかもしれない素材が、リストに含まれている。

バディの黒栖さんが強くなれるよう、俺もサポートする。雪理たちも自分に合った装備を作るために素材が必要なら、外の特異領域に行ってみるのもいいだろう。

「この硬貨を鋳造《ちゆうぞう》して弾丸を作る……そういったことも可能なんですね」

「銃弾を生産できる場所は限られていますが、ファクトリーもその一つです」

そんな話が普通にされていて、それに慣れていく自分がいる。

魔物がいない元の世界に戻ることができるのか——そして、戻りたいのか。そういうことを考えるのは、俺が今できることをやってからだ。

6　専用防具

「古都先輩、一つずつ素材が何に使えそうか教えてもらってもいいですか？」

「そうですね、用途が分かったら加工を進められるものもあると思いますし」

古都先輩はタブレットを操作してから、テーブルの上に置く。俺の素材リストを解析して、加工先のリストを出してくれていた。

神崎玲人の素材加工先リスト：
疾風のエメラルド　ランクD
・装備品、アクセサリーに風属性の補正付与
オークロードの魔石　ランクD
・装備品、アクセサリーに装着することで『オークロード』の固有スキルを付与
錬魔石　ランクF
・装備作成用素材として使用可能

炎熱のルビー　ランクＣ
・装備品、アクセサリーに炎属性の補正付与
翼竜のひげ　ランクＣ
・装備作成用素材として使用可能　重量：軽
翼竜のエキス　ランクＤ
・装備作成用、調合用素材として使用可能
龍骨石中　ランクＤ
・装備作成用素材として使用可能　重量：中
ランスワイバーンの魔石　ランクＣ
・装備品、アクセサリーに装着することで『ランスワイバーン』の固有スキルを付与
魔像の魂石　ランクＥ
・無生物系の魔物から取得できる素材　詳細不明
名称不明のデーモンの封魔石　ランクＢ（暫定）
・詳細不明
魔植物の蔦《つた》　ランクＦ
・装備作成用素材として使用可能　重量：軽
魔石の欠片　ランクＦ
・集めて合成することで魔石を生成可能

レッドジェム、イエロージェム、ブルージェム　ランクＦ
・合成することで、新たな色のジェムを生成できる　単体では効果を発揮しない
「竜骨石はＤランク素材とのことですが、これではおそらく『超級』の装備にはできないですよね」

「はい、超級はＢランク素材を使用して作るものですから。このファクトリーに入荷するのは、一年に一度あるかないかです。それも研究用に、討伐隊から提供してもらえる場合になりますね」

　Ｂランク――そういえば、俺が倒した牛頭のデーモンの素材を回収するのを忘れていた。悪魔の素材は倒した本人にしか見えないので、まだ中学校の敷地内にあるだろう。認識されない以上危険はないと思うが。

「龍骨石のみを素材にすると、上級になりますね。Ｃランク素材の場合も上級の範囲です」

「学園内の特異領域《ゾーン》で得られる素材で作れるのは原則中級までってことですね。……上級のロッドを作ったあと、後からさらに強化することは可能ですか？」

「可能な場合と、そうでない場合があります。事前に素材の性質を調べてシミュレーションをしますが、実際に合成する時に壊れてしまうこともありますので」

《旧　Ａ　Ｂ》《アストラルボーダー》の装備強化も、貴重な素材とベース武器を使って、失敗すると素材が消失《ロスト》してしまうタイプだった。成功したときのリターンが大きいので、リスクを承知で強化に挑んだ

ものだ。

「この重量の項目は、重いと装備できる人に制限があるってことですか」

「はい、女性は『軽』のものを用いることが多いです。中には好んで『中』までは使用される方もいますが」

「無理をして重い装備を使って、動きを阻害《そがい》するのは避けた方がいいわね。守りを固くできれば、それに越したことはないけど……」

「それなら、こういう手もある。竜骨で防具を作って『疾風のエメラルド』を着ければ、重さを緩和《かんわ》できるはずだ」

「おっしゃるとおりです。『風属性の補正』というのは、スピードを速くすることも含まれていますので」

「そうなのね……私が持っている『マジックシルバー』も使えば、軽いプロテクターのようなものは作れますか？」

マジックシルバー――魔力《オーラ》と相性がいい、錬魔石の上位素材だ。軽くて丈夫で加工もしやすく、女性用の装備によく使われていた。


――イオリさんは鎧《よろい》も装備できてかっこいいです。

――マジックシルバーの鎧は軽いから、ミアも着けられると思う。試してみる？

――あ、あの、すみません、サイズがちょっと、大きいというか……。

──っ……今、何か考えた？　レイト、今日の夜はご飯抜き。

ミアにとっては、イオリの鎧の一部分がぶかぶかだった。女性用の鎧は胸回りの寸法もきちんと測って作らなければならないし、一度作ったものはほぼ専用品だ。サイズが近くて共用できる場合もなくはないが。

「玲人、いいの？　竜骨石を一つと、疾風のエメラルドを使ってしまって」

「雪理は前衛だし、いい防具を使った方がいいと思う。それに、雪理とはオークロードと戦ったときの素材を山分けしようって思ってたからさ」

「あの時は、私は全然……あなたが一人で倒してくれたのに……」

「雪理が駆けつけてくれたから間に合ったんだよ。そういう形でも、協力したって言えると俺は思う」

「……そ、そんなふうに……甘やかすのは、良くないと思うのだけど……」

甘やかしている、と受け取られても、俺は仲間には甘いほうだ。それも、雪理のように自分に厳しい人に対しては。

「マジックシルバーも貴重だから、鎧を作るのは保留にしようか。とりあえず疾風のエメラルドを武器につけておくといい、それでも素早くなると思うから」

「ええ、そうさせてもらうわね。古都先輩、魔石は着脱可能でしょうか？」

「はい、魔石と装備品を魔力的に接続する必要はありますが、それは素材なしで費用のみいただければ可能です」

「では、装着をお願いします」

『竜骨のロッド』を作り、『疾風のエメラルド』を雪理の剣に装着する。そして『翼竜のひげ』を使って、黒栖さんの装備を作りたい。

「黒栖さん、『セラミックリボン』を出してみてくれるかな」

黒栖さんは頷《うなず》き、スクールバッグにしまっていた『セラミックリボン』を取り出すと、テーブルの上に置いた。

「古都先輩、『翼竜のひげ』でこういったタイプの武器は作れますか？」

「えっ……そ、そんな貴重なものを、私の武器に使ったりするのは……っ」

「素材の性質上、可能ではないかと思います。圧延加工をしても強度が保たれますし、強力なものになるはずです」

「それは期待できそうですね。じゃあ、早速お願いします」

『竜骨石中』から『竜骨石小』を三つ作り、それを柄の材料にする。俺と黒栖さんの装備は『ランスワイバーン』の素材で揃いになったわけだ。

「あと、軽量の防具を作りたいんですが……」

「少々お待ち下さい……あっ、『翼竜のエキス』を生地の加工に使うことで、強度が高くてよく伸びる素材が作れますね。『ワイバーンクロース』というものです」

「黒栖さん、防具を作ろうと思うんだけど、この素材でいいかな？」

「っ……す、すみません、私の職業だと、着けられる装備が限られていて……」

「黒栖さんの職業をお教えいただいても良いですか？」

「はい、『魔装師《トランサー》』という職業です」

黒栖さんの話を聞いて、古都先輩がタブレットを操作する。すると、魔装師が装備できるタイプの装備がリストアップされた——しかし、黒栖さんが言う通りに種類が少ない。

指定素材：ワイバーンクロース
装備者：黒栖恋詠《こよみ》　女性
職業：魔装師
該当装備種：2点
ワイバーンスーツ
・柔軟性のある生地で作った全身スーツタイプの防具。
ワイバーンレオタード
・新体操に用いるレオタードに似た形状の防具。

「スーツと、レオタード……あ、あの、この二択なんでしょうか？」

「は、はい、そうですね。この二つが一番、黒栖さんに適している装備になる……と思います」

古都先輩も珍しく歯切れが悪い――全身スーツとレオタードの二択を提示するというのは、確かに気が引ける部分もあるだろう。

「『魔装師《トランサー》』という職業も特殊ですが、どちらかというと黒栖さん自身の適性に合わせて装備が限られているようですね」

「この二択では、あまり変わりがないような……いや、僕がとやかく言うことではないか。決めるのは神崎、そして黒栖さんだ」

「黒栖さん、どうする？」

「ワイバーンクロースは炎などに耐性がつきますし、魔法攻撃にも強くなります。翼竜の皮膚《ひふ》を再現したようなものですが、翼竜の鱗《うろこ》のようにごつごつしたりはしていませんし、滑らかな素材になります」

現時点で手に入る中では、かなり強力な装備であるのは疑う余地はない。あとは、黒栖さんが踏み切れるかだ。

スーツとレオタード、タブレットに表示されたその二つの上で黒栖さんの指は迷っていたが――彼女が選んだのは、レオタードの方だった。

「中学の時、部活でレオタードは着慣れているので、これにします」

「かしこまりました。翼竜のエキスを一つ使わせていただきますね。ベースにする特殊ファイバーの布はこちらでご用意があります」

これで黒栖さんは武器・防具ともに強化される――と、安心していると。

「っ……す、すみません。その、スーツというのはどういうものかと……」

「例えば、戦隊物に出てくるヒーローの人たちが着ているようなものですね。もちろん、派手な装飾などはありませんが」

坂下さんが興味を示しているというのは、つまり着てみたいということか。全身ピッチリのスーツではあるが、戦隊ヒーローが着ているようなものと言われると、確かに多少気になりはする。

しかし言ってはなんだが、堅物《かたぶつ》というイメージのある坂下さんがまさか戦隊スーツに興味を示すとは——彼女自身もかなり葛藤《かっとう》しているようだ。

「……坂下は、そういったものに影響を受けて格闘技を身につけたのよ」

「お、お嬢様、そのようなことは……っ」

「え、えーと。それなら、坂下さんもワイバーンスーツを作りますか？」

坂下さんは迷いに迷い、両手で頬《ほお》を押さえる——そして、耳を澄まさないと聞こえないくらいの小さな声で言った。

「……お願いします、神崎様」

「分かりました。『ワイバーンスーツ』を一つと、彼女のグローブに『炎熱のルビー』をお願いできますか」

「っ……い、いえ、貴重な魔石を、私などに……っ」

「これを使いこなせると、坂下さんも戦術の幅が広がりますから。唐沢はどうする？」

「いくつか手持ちの素材で特殊弾を作ってもらうことにした。今のところは、それで問題はないよ。特殊弾の内訳についてはデータを送っておこう」

これで俺と黒栖さん、そして折倉班の装備更新については目処《めど》がついた。伊那《いな》班は訓練中とのことなので、後で装備の打ち合わせをすることになるだろう。

「玲人、交流戦のメンバー候補に待機してもらっているから、これから会いに行ってもいいかしら」

「ああ。あとメンバー候補は何人いるんだ？」

「二人だけど戦闘要員ではなくて、サポート要員ということで参加してもらうわ」

交流戦のサポートとは、具体的に何をするのか。それを含めて、移動しながら教えてもらうことにする。

古都先輩にお礼を言ってファクトリーを出たあと、俺たちは残り二人のメンバー候補が待つ討伐科校舎に向かった。

7　サポートメンバー

討伐科校舎のロビーに入ると、まだ残っている生徒たちがこちらに注目する。

「おお、雪理様が戻ってきたぞ！」

「相変わらず目が浄化される……常に一緒にいるあいつはよく平然としていられるな」

「お、お姉様……いえ、雪理様、お疲れ様です。これ、私の作ったクッキーです……！」

前から雪理を慕《した》っている親衛隊的な女子の存在には気づいてはいたが、今日は思い切って行動に出てくる。

雪理は少し戸惑ってこちらを見てくるが、とりあえず笑っておくしかない。

「ええ、ありがとう。またお返しをするわね。あなたの名前は……」

「そ、そんな、お返しなんて……C組の勅使河原《てしがわら》ですが、私の名前などお気になさらず……っ！」

「ちょっと、テッシー！」

「待ちなさい、テッシー！　雪理様の前なのにはしたなくってよ！」

しっかり名乗っておいて、親衛隊三人は走り去ってしまった。ふぅ、とため息をついたあと、雪理は貰《もら》ったお菓子を坂下さんに渡す。

「ええと……そうね。あとでお茶の時間にでも出してちょうだい」

「はっ、毒味は私がしておきます」

「その心配はないと思うけど……な、なに？」

「いや、完全にお嬢様学校の世界だなと……雪理の雰囲気《ふんいき》がなんというか、高貴すぎるのかな」

「っ……あ、あなた、そんなことを思っていたの？　高貴とか、私はそんなこと……」

「い、いえっ、折倉さんは、すごく上品で、私にとっても憧れというか……玲人さんも、そういうことを言いたかったんだと思いますっ」

　黒栖さんがフォローしてくれる――身振りを交えて話したので前髪が揺れて、その向こうの瞳が見えた。

「……そういうことでいいの？」

「あ、ああ。俺のような庶民《しょみん》にはないオーラがあるよな、雪理には」

「そういうことは気にしないでいいの。生まれた家が違うのは当たり前でしょう？　庶民だからとか、そういう定義で壁を作らないこと。分かった？」

　雪理は怒っているわけではなく、諭《さと》すように言う。何か先生に怒られているようだ――と、茶化してばかりではいけない。

「分かった、これからは気をつけるよ」

「よろしい……何？　機嫌がいいわね、唐沢」

「いえいえ。雪理お嬢様が自然体でいらっしゃるだけで、私も侍従《じじゅう》の一人として嬉しく思うだけです。すべて神崎のおかげですね」

「はい、神崎様のおかげです」

　唐沢だけならまだしも、坂下さんにまで同意されると何も言えなくなる。雪理は頬を赤らめていたが、俺と目が合うとそっぽを向いてしまった。

「今までの私が自然じゃなかったというなら……い、いえ、そんなことを話している場合じゃないわ。待ってくれているメンバーは資料室にいるそうだから、行きましょう」

雪理に案内されて、討伐科一階のホールから東西に延びている廊下《ろうか》のうち、東側に向かう。

資料室の前に着くと、雪理が軽く扉をノックした。

「折倉です。幾島《いくしま》さんと姉崎《あねさき》さんはいますか？」

「はい」

「はーい。あーしが開けるね、幾島ちゃん」

話し声が聞こえて、扉が開く。そこにいたのは女生徒二人——一方は眼鏡《めがね》をかけ、本を持ったショートカットの子。彼女は耳をカバーするような、ヘッドホンのようなものをつけている。

もう一人は健康的に日焼けをした金髪の——言ってしまえばギャル的な子だった。放課後だからということか制服のネクタイを外し、ラフな格好をしている。

「幾島十架《とうか》です。交流戦チームでナビゲーターを担当します。よろしくお願いします」

「あーしは姉崎優《ゆう》っていいます、よろしくー。持ってるスキルがそっち系なので、トレーナー担当でーす」

「……姉崎さん、部屋の中が暑かったの？　胸元を緩《ゆる》めているけど」

「あ、男子もいるし、ちゃんとしとかなきゃだよね。幾島ちゃんしかいないから油断してた……んー？」

「……？」

姉崎さんがこちらを見て、何かに気づいたような顔をする。そして、覗《のぞ》き込むくらいの距離に来たところで、普通に間合いを取って一歩下がった。

「俺に何か？」

「……ふーん、冒険科にこんな人がいたんだ。結構いい感じじゃん」

いい感じというと、印象は悪くないということか。悪いよりはいいが、上から下まで見られているようで落ち着かない。

「えっと……まず自己紹介した方がいいか。俺は冒険科1年Ｆ組の、神崎玲人です。これからよろしく」

「Ｆ組？　成績いいけど、適性テストで慎重に育成すべきって出た人が振り分けられるクラスだよね。えっと、レイト君もしかして遊んでる人？」

「い、いや。遊んでるっていうわけでもないと思うけど」

俺にとって《アストラルボーダー》は遊びでもなんでもなかった。ゲームは好きだが、姉崎さんが言っている『遊んでる』というのは、俺には無縁だった言葉だ。

しかしＦ組にいる生徒がそんな意図で割り振られていたとは――俺は入院する前、適性テストでどんな結果を出したことになってるんだろうか。

不破と南野さんがＦ組にいるというのは、なんとなく理解できる。二人とも能力は同じ学年の中では高いが、確かに俺と黒栖さんに対する当たりがきつかったりしたのは気になるところではあった。

「……この感じで真面目《まじめ》な人って、もしかしなくても、トレーナー引き受けたの正解じゃん」

「姉崎さん、参加については保留すると言っていたけど、気持ちは決まった？」

「うんうん、参加するする。元から結構乗り気だったけど、もっとやる気出たかも」

「そう、良かった。あなたはサブのメンバーでもあるから、身体《からだ》は鈍らせないようにね」

「了解でーす。よろしくね、レイト君。こっちの子は？」

「黒栖恋詠といいます、よろしくお願いします」

黒栖さんが挨拶《あいさつ》をすると、姉崎さんはニコッと笑って手を差し出す――しかし握手をしつつ、ちら、と視線が動いた。

「……うーん、結構いい勝負？」

「えっ……あ、あの……？」

「んーん、なんでもない。あーしと一緒にトレーニングすると、ちょっと成長が早くなるよ。チームに一人置いとくと役に立ちそうでしょ」

姉崎さんの一言にハッとさせられる――彼女が持っているスキルは、俺たちのパーティが求めながら、《旧A B《アストラルボーダー》》で最後まで手に入れられなかったスキルかもしれない。

（まさか……『経験促進』？　最高レベルまで上げると、大幅に取得経験値が上がるっていう……）

『経験促進』は固有スキルで、特定の職業しか持っていなかった。《旧A B《アストラルボーダー》》ではそのスキルを持っている人が、高い報酬《ほうしゅう》と引き換えにして他のパーティに一時的に参加し、生計を立てていたりした。

「姉崎さんがそのスキルに気づいたのは、何かきっかけがあったのかな」

「うん、中学の時の部活で、あーしがいるときといないときでなんか違うってみんなが言い出して。それで調べてもらったら、そういうスキルなんだって教えてもらえたの。じゃあ、活《い》かすためにこの学園入ろうかなって」

　個人的な話にはなってしまうが、俺のレベルを上げるのは普通に経験を積んでいてもなかなか難しい。『経験促進』持ちの姉崎さんに協力してもらえると非常に助かる――といっても、そうそう危険には巻き込めないが。

「幾島さんはチーム戦の時に、参戦したメンバーをナビゲートしてくれるわ。彼女のコネクターは彼女の能力に合わせて最適化されていて、リアルタイムでマップ情報などを共有したりできるの」

「このヘッドホンみたいなのがコネクターなんだよね」

　姉崎さんに言われて、幾島さんがこくりと頷《うなず》く。

「これは『ヘッドドレス』というタイプのコネクターです。頭につけるタイプのコネクターには種類があり、『ヘルム』タイプなどがあるそうです」

　俺以外にも特殊仕様のコネクターを持っている人がいた。どういった理由で通常以外のコネクターが渡されるのか、できれば機会を見て話しておきたい――といっても、まずは当初の目的である、交流戦で良い成績を収めないといけない。

「一度、実際にナビゲートしてもらって感覚を分かっておいた方がいいわね」

「はい。特異領域《ゾーン》探索の際にも、外部からナビゲートできます」

「じゃあ、これから特異領域《ゾーン》行くとか？　あーしも一緒に行っていいかな」

「そうね……あなたの模擬戦《もぎせん》の成績からいえば、大丈夫だと思うけれど。玲人、これからまだ時間はある？」

「ああ、大丈夫。閉門までは一時間半くらいか……黒栖さんは大丈夫？」

「はい、家には連絡をすれば大丈夫です」

幾島さんも了承し、俺たちは残り時間で特異領域《ゾーン》に入ることになった。入るのは、前にも入った『洞窟《どうくつ》』だ。

マップ情報をゾーンの外部からナビゲートしてくれる——そんなことが可能なら、前のときより飛躍的に探索が捗《はかど》ることになる。そして姉崎さんの『経験促進』についても効果が見られるので、魔物を数体は倒したいところだ。

8　マップリンク

姉崎さんが『洞窟』に同行するということで、俺が臨時で班を作り、そこに黒栖さんと姉崎さんが入ることになった。

《神崎玲人様をリーダーとして、『神崎班』のリンクグループを設立します》

「ああ、頼む」

答えると同時にブレイサーが青く発光する――グループ申請を黒栖さんと姉崎さんが受諾《じゅだく》し、彼女たちのコネクターも同じ色に光り、やがて静まった。

「神崎班の発足ですね。よろしくお願いします、リーダー」

「よろー。足引っ張らないように頑張るね」

「ああ、よろしく。姉崎さんの装備は……なんていうか、スポーツのユニフォームみたいだな」

「あーしの職業ってさっき言った通り『トレーナー』だから、戦闘用のスポーツウェアっていうのを着てるの。あんまり重い装備とかできないからね」

彼女の装備に金属製の装甲などはなく、パーカータイプのウェアの下にアンダーシャツを着て、ショートパンツに足全体をカバーする黒のレギンスを穿《は》いている。手にはグローブを嵌《は》めているが、格闘用ではなく、防具として着けているようだ。

「武器はこれ、『パワーボール』ってやつね。魔力を込めて投げられるから、魔法しか効かない相手にも効くよ。あーしの魔力自体はそんなに強くないから、威力もそれなりだけどね」

《旧Ａ　Ｂ《アストラルボーダー》》にも『パワーボール』と似たような装備は存在していて、大型銃器を主に使うイオリがサイドアームとして採用していた。ボール系の武器を自在に操ることのできる職業もあるらしいが『トレーナー』はどうなのだろう。

「その装備なら、後衛の方が良さそうだな。まあ、俺の班は全員近接特化ではないけど」

「レイ君がそう言うなら、魔物に近づかれないように立ち回って、チャンスあったらボール投げるね」

「私と坂下もいるから、前衛は問題ないと思うわ。ちゃんと守るから心配しないで」

今のダイジェストはサラリと「レイくん」という愛称で呼ばれたことだと思うが、そんなことを気にしている場合でもない。姉崎さんは距離感の詰め方が早いのだろうと納得しておくことにした。

◆◇◆

討伐科校舎から東に向かい、森に入る。しばらくすると霧が出てくるはずだが、その前に幾島さんが手を上げた。

「ここで皆さんのコネクターをリンクしておきます。私のスキルで接続できますので、承認をしてください」

「ええ、お願い」

雪理が答えると、幾島さんが頭に着けた『ヘッドドレス』タイプのコネクターが発光する——そして。

《幾島十架様より、コネクター間のマップ同期が要請されています。承諾《アクセプト》しますか?》

「ああ、承諾《アクセプト》だ」

　イズミの声に応えると、腕に着けたブレイサーが幾島さんのコネクターと同じ色の光に包まれる――そして。

《幾島十架が特殊スキル『セカンドサイト』を発動》

《神崎班、折倉班とマップ情報を共有しました》

　周囲の地形情報を取得するスキルは幾つか知っているが、そのうちの一つが『セカンドサイト』だ。障害物の有無にかかわらず、一定範囲内の地形を把握《はあく》できるスキルだ。

「共有したマップ情報は、『マップを見たい』と思考すれば見ることができます。コネクターのＡＩに応答する形でも構いません」

「えーと、こんな感じ？　『マップを見たい』……わ、なんか見える！」

「視界を阻害《そがい》しない位置にマップが表示され、時間が経過すると見えなくなりますが、情報の取得はできているはずです」

　幾島さんの言う通り、スマホを使わなくても自分の位置が正確に分かる。特異領域《ゾーン》の中でもマップが分かるなら、攻略は楽になるだろう。

「特異領域《ゾーン》の中では周囲の情報を取得し、探索を終えた範囲については常に状態を把握することができます」

「交流戦では事前に地形情報が配布されるから、それを元にナビゲートしてくれるということね」

「はい、その情報が正確であるという前提ですが。この『洞窟』については、神崎班・折倉班が到達している範囲については地形を取得することができました。コインビーストと戦った地点までですね」

「ええ、もう一度そこまで行ってみましょう。また魔物が沸いているかもしれないから、その時は警告できる？」

「はい、それが私の役目です」

断言する幾島さんを頼もしく感じたのは俺だけではなく、黒栖さんも感嘆《かんたん》している。しかし俺と目が――前髪で目が隠れているが――合うと、わたわたと慌て始めた。

「あ、あのっ……わ、私、リボンを預けているので……」

「ああ、黒栖さんは戦闘に備えて『転身』しておいたほうがいいな」

「え、なになに？　変身って、こよこよがするの？」

「コホン……姉崎さん、レクリエーションではないので、もう少し気を引き締めてですね……」

「揺子《ようこ》ちゃんはニックネームとかつけなくても、揺子ちゃんが一番なじむよね」

「……褒められているのかなんなのか分かりませんが。くれぐれも『洞窟』に入ってからは気を抜かないように」

　坂下さんは少し照れつつも、グローブを嵌め直す。それを見て優しく微笑《ほほえ》んでいる雪理――いや、見とれてる場合じゃないが、こんな表情もするのかと驚く。

「玲人、せっかく武器を強化できたから試してみたいのだけど」

　雪理の剣には『疾風のエメラルド』が着けられている。取り回しが軽くなったようだと言っていたが、剣の重量や威力は据え置きのはずだ。

「それなら魔物との遭遇《そうぐう》は避けずに進んでみよう」

「ええ……できるだけ強い相手がいいのだけど、そのためには奥に進まなければね」

　剣の柄に手をかける雪理――なんというか、少しうずうずしているというか、そんなふうにも見える。

「……な、なに？　別になんでもいいから斬りたいとか、そんなことは考えていないわよ」

「い、いや……その剣なんだけど、銘《めい》とかはあるのかなと思って」

「この剣は『ブルームーン』というものなの。私にも、どうしてそんな名前なのかは分かっていないのだけど……色が青いわけでもないしね」

（固有名のある剣……エリートユニークか？　そんな定義がこの世界にあるのかどうかだが、この剣の形状自体はどこかで……）

「これを私に預けた人は、使いこなすことができるまで持っているようにと言っていたわ」

「そうだな……雪理ならできると思う。強い敵と戦うことで、剣の熟練度《マスタリー》も上がるだろうし」

雪理に剣を渡した人が誰なのか、どのような経緯で入手したのか。知りたいとは思うが、今の段階で伏せているということはまだ聞かずにおくべきだろう。

《特異領域《ゾーン》に侵入しました　風峰学園洞窟　フロア1《ワン》　オートリジェクト可能》

洞窟の中に入ると、雪理と坂下さんが先行していく。
マップ上に俺たちの位置が表示されている――他の班が少し離れた位置で交戦していて、敵の表示らしい赤い点が消える。
「まず、コインビーストのいた地点まで進んでみよう。そこまではマップができてる」
《神崎玲人が特殊魔法スキル『ライティングルーン』を発動》
《神崎玲人が特殊魔法スキル『オートサーキュレーション』を発動》
明かりの魔法を使うと姉崎さんがおお、と驚いている――光の球が俺たちを周回し始め、視界を確保して進んでいった。

9　捜索

魔物が物陰から出てくるということもなく、コインビーストのいた辺りまで到着する。

「あれは……次の階層に降りる道ですね」

唐沢がライフルのスコープを覗《のぞ》いて言う。洞窟に来る前にアタッチメントを交換して、暗視効果のあるスコープに替えてきたようだ。

「違うエリアに入る資格は得ているわ。この階層で一定数の魔物を討伐すればいいだけだから」

「じゃあ……行ってみる？　けど入学したばかりの今の時期に、次のエリアに入ってる人っているのかなー」

「玲人ならどこまでも降りていけそうだから、足を引っ張らないようにしないと」

俺としても、皆を危険な目に遭《あ》わせないというのが大前提だ。このレベル差だと、ある意味みんなとゾーンに潜るのはＰ　Ｌ《パワーレベリング》の様相を呈している――皆のレベルが上がってくるまで、緊張感を持たなくてはいけない。

◆◇◆

コインビーストのいた広い空間を抜けると、徐々に道が下っていく。そして道の傾斜がなくなったところで、幾島さんの声が聞こえてきた。

『神崎さん、何かスキルを使われましたか？　視界を広くするようなものを』

『ああ、洞窟内を照らすために。何か問題が？』

『いえ、想定よりも地形情報の把握が早く、範囲も広いので』

『……じゃあ、こういうふうにするとどうなる？』

俺は皆に止まってもらってから、明かりの光球を一つ前方に向けて飛ばしてみた。そして『マップを見たい』と念じる――すると。

「っ……すご、めっちゃ遠くまでマップができてく……！」

「玲人のスキルで作った明かりと、幾島さんの『セカンドサイト』が協調しているのね……」

「敵に気づかれるリスクはあるけど、こういうこともできるか。他のパーティに迷惑をかけないようにしないとな」

『現在、他に一つの班が同階層に侵入しています。所属は二年A組です』

上の学年になると、『洞窟』よりも違う場所の方が効率が良かったりするのだろうか。それとも放課後の特異領域《ゾーン》探索は、毎日挑むようなものでもないのか。

――そう、考えた矢先のことだった。

「……あれ？　その他の班、こっちに近づいてきてない？」

姉崎さんが指差して示した方角――マップ上でも確認できた、他の班がこちらに向かって歩いてくる。

その人数は『班』といわれていたにもかかわらず、二人だけだった。

「やっぱりやばいよ、このまま戻っちゃったら……っ」

「俺たちだけで探すにはこの洞窟は広すぎる、先生に相談するしか……」

「すみません、何かあったんですか？」

「っ……⁉」

「な、なんで一年がこんなとこに……」

話に気を取られていた二人は、浮遊する明かりに照らされてようやく俺たちの存在に気づく。

一人は槍を持った男子で、もう一人は杖《ロッド》を持っている。

「問題があったようですね。何があったのか教えていただけますか？」

坂下さんに問われ、二人とも言葉に詰まってしまう。しかし俺たちの姿を見て雪理に目を留めると、目に見えて態度が変化する。

「お、折倉さん……」

「っ……あ、あの折倉雪理……本物……？」

二年生にも雪理のことは知られている――それ自体は驚くことではないが、二人の態度は畏《い》怖《ふ》に近いものだった。

それはあまり雪理にとって、快《こころよ》くは感じられないものだろう。それでも彼女は俺を見て、「心配はいらない」というような目をした。

「三人目の班員とはぐれてしまったみたいですね。二人は外に出て、先生に報告をお願いします。評価には関わるでしょうが、報告しない方が問題になります」

「そ、それは……ほ、ほら、あいつも自力で戻ってこられるかもしれない、俺たちだって現にこうして……」

「そんなこと言ってる場合じゃないよ、ちゃんと話した方がいいって」

「……分かった。そうだ、そうだな……」

彼は自分に言い聞かせるように言うと、震えるような息をつき、そして話し始めた。

「……なんでもない魔物のはずだったんだ。今までも同じように倒して経験を稼《かせ》いでた。そいつが、今までとは違うものを落とした」

「それは、どのようなものですか？」

「それが……私たちの班の三人目は、魔物が落としたものを調べられる『調査士《アプレイザー》』っていう職業で、自分で調べようとして……」

そこまで話を聞いて、心当たりがあった。《旧AB《アストラルボーダー》》では魔物のドロップ品に触れることで発動する罠《わな》があり、そのうちの一つに、パーティを分断するものがあった。

「罠にかかったということなら、この洞窟《どうくつ》内のどこかにいるかもしれない」

「や、やっぱり……でも、どうしてそんなこと……」

確実にそうだと言い切れば、なぜ俺がそんなことを知っているのかという話になる。だが、ここで問答に時間をかけることはできない。

「雪理、みんな、分散して探すのも手だが、いなくなった人がどこにいるかさえ分かれば、俺一人なら最短で救出に迎える。ここで待ってもらってもいいか」

「……待って、私も同行させて。不測の事態が起きているのだから、あなたを一人で行かせるわけにはいかないわ」

「そ、そうです、私も……『転身』をしているので、速く動けますからっ……！」

　雪理も黒栖さんも意志が固い――こんな目をされて置いていけるほど、俺も割り切りができる性格じゃない。

「よし、それじゃついてきてくれ。坂下さん、唐沢、姉崎さんと先輩二人を頼む」

「了解した。しかし神崎、どうやっていなくなった人を探す？」

「その子の名前だけど、水澄苗《みすみなえ》っていうの。私たちの友達……ごめんなさい、後輩の皆に頼ったりして」

「気にしないでください、困った時はお互い様です」

「っ……う、うん……ありがとう、えっと……」

　そういえば、と遅れ馳《ば》せながら名乗ろうとすると、左右から制服の肘のあたりを引かれる――雪理と黒栖さんが同時に引っ張っていた。

「「……………」」

「わ、分かった、急がないとな」

「い、いえ、別に怒っているわけじゃ……」

「はい、急がないとっ……先輩方とのご挨拶《あいさつ》は、また後ほどでお願いします」

　俺たちは三人で移動を始める。ある程度距離が離れたところで、俺は無詠唱《むえいしょう》で呪紋《ルーン》を発動する――周囲の空間に無数の光る文字が浮かび上がる。

「玲人、まさか……」

「そのまさかだ。『明かり』の数を増やして一気に地形情報《マップ》を取得する……！」

《神崎玲人が強化魔法スキル『マルチプルルーン』を発動　魔力消費8倍ブースト》

《神崎玲人が特殊魔法スキル『ライティングルーン』を発動》

魔法を使うときに使用する魔力量を過剰《かじょう》にすることで、効果を拡張する――対象となる魔法を複数化する『マルチプルルーン』でそれを行うと、魔力を使っただけ複数化の数が増加する。

魔力八倍ならば、『ライティングルーン』で発生する光球の数も八倍となる。十六の光球が俺の周りに生じ、それを飛ばす――障害物を自動で回避して、光球が照らした範囲の地形が取得されていく。

「凄《すご》い……あの光球に照らされた範囲に探し人がいたら、見つけられるということ？」

「ああ。見つけたら即座に向かうことにしよう」

「地図が共有されているので、どんどんできていきます……こんなに速く……」

《マップ完成率10％　15％　20％……》

イズミが５％刻みで完成率をカウントアップしていく。このペースなら一分もかかることなく、このフロアの全容が把握《はあく》できそうだ。

10　空白

《マップ完成率85％　90％　95％》

――イズミのカウントアップが、そこで終わる。しかし、マップ上のどこにも水澄という人らしい反応はない。

「あと５％は、玲人の明かりが及ばない範囲ということ？」

「マップを見ながら、隅々まで光球で照らしたつもりだが……幾島さん、地形情報は上下方向も取得されるのかな」

『はい、範囲内の全方向が取得できます。障害物があったとしても関係はありません』

「障害物があっても……幾島さんの力は、壁の向こうのことまで分かってしまうんですね」

「壁の、向こう……」

黒栖さんの言葉が何か引っかかる――俺は改めて、95％まで完成したマップを視界に映し、隅々まで目を走らせていく。

「っ……これは……」

「玲人、どうしたの？」

「ここから北東の方角……マップ上に、不自然な空白ができてる。そして『壁の向こう』のマップが少し表示されてるように見えないか？」

「他のところにいらっしゃらないということは、この壁の向こうに……？」

黒栖さんが心配するのも無理はない。この状況で脱出するために『オートリジェクト』を使わなければならないとしたら、発動にはリスクが伴《ともな》うからだ。

「壁の向こうに魔物がいたら逃げ場も限られる。急ごう」

「ええ……この壁の向こうに行くために、方法を探さないと」

転移の罠を発動させて、隔離された空間に飛んだ――ならば、通常の方法では行き来ができない。普通ならそう考えるところだろう。


――イオリさんはどうやって隠し通路を見つけてるんですか？

――『探査感覚』のスキルがある。抜けられる壁は音の反響が違う。

――その壁を壊すために、玲人のスキルが役に立つ。よく噛《か》み合ってるな。


あの時ソウマが言った通り、俺たちのスキルは互いにない部分を補い合っていた。

イオリがいなければ見つけられなかった隠し扉。それを、今は幾島さんのサポートで見つけている――この世界においても、スキルの組み合わせに解が一つということはない。

「この洞窟の壁なら、俺のスキルで対処できると思う」

「「……………」」

サラッと言ったつもりだったが、雪理も黒栖さんもぽかんとしてしまっている――一体どうやって？　と思うのは当然だろう。

「え、なになに？　それってどういうこと？」

「っ……姉崎さん、来てしまったの？」

「あーしも神崎班の一員だし、置いてくなんてひどくない？　って言ったら、揺子ちゃんと唐沢くんが行ってきていいって」

どや、と言わんばかりに胸を張る姉崎さん――俺を見られてもなんとも言いがたいが、こうなると同行してもらうしかない。

「分かった、気をつけてついてきてくれ。まず、移動の前に速度を強化しよう」

「うん、分かった。強化魔法でしょ、あーしもかけてもらったことあるし」

「彼の魔法を他の人と同じとは思わない方がいいわ」

「そ、そうですっ、玲人さんの魔法は……その、凄いので……」

「ふーん……？　レイ君ってもしかして、意外に肉食系だったりする？」

「いや、言ってる意味が……何食とかは考えたことないな」

急ぎということで話を切り上げ、一気に全員の『スピードルーン』を発動させる。

《レイトが強化魔法スキル『スピードルーン』を発動》

「んっ……」

「え、な、何……？」

「この感覚……い、いえ、なんでもないわ。急ぎましょう、玲人」

「あっ、ちょっ……は、速っ……あーしの足にロケットついてる！」

「ふふっ……す、すみません、緊張感を持たないと駄目ですよね、こんなときにっ……」

爆速で洞窟内を走り抜け、目的の位置にたどり着く――マップがあると魔物を回避して最短コースを選ぶのも容易で助かる。

目的の壁を見つけたところで、俺たちは加速を緩《ゆる》めて止まる。こんな壁をどうすればいいのか、と三人とも戸惑っている様子だ。

「こういった岩壁にも耐久性はある。それなら、防御力を下げてやれば破壊しやすくなる……こんなふうに」

《神崎玲人が弱体魔法スキル『Dレジストルーン』を発動》

岩壁などの無生物には、そのままでは魔法の効果が現れない場合が多い。そんなときは魔法抵抗を下げてやるのが有効だ。

「壁にオーラの模様が……」

「壁に魔法って効くんだ……何か裏ワザっぽくない？」

姉崎さんの言う通り、《旧Ａ　Ｂ《アストラルボーダー》》においては無生物オブジェクトや壁に魔法をかけるのは裏技に類するもので、俺以外にやっている人を見たことがない。見せないだけでやっている人はいたのかもしれないが。

そして相手の防御力を下げる呪紋《ルーン》を使おうとして、弱体魔法スキルレベルが足りないことに気づく。必要なレベルは２なので即決で取得してもいいが、他にも手段があるので、まずそれを試してみることにした。

《神崎玲人が特殊魔法スキル『リバーサルルーン』を発動》
《神崎玲人が強化魔法スキル『プロテクトルーン』を発動》

効果を反転させた、防御力を上げる呪紋《ルーン》。それが浮かび上がったところで、次は全員の武器を強化する。

《神崎玲人が強化魔法スキル『ウェポンルーン』を発動》

「えっ……魔法系のスキルみたいなのに、詠唱《えいしょう》とかないの？　こんな立て続けに使って、全然疲れてないみたいって……ええ……っ？」

「これくらいならなんてことはない。それより、この岩壁の防御力を下げて、みんなの攻撃力を上げたから、一斉に攻撃して壁を崩そう」

「ええ……玲人も参加してくれるの？」

「ああ、もちろん。行くぞ、３・２・１……！」

「「っ……‼」」

《折倉雪理が剣術スキル『雪花剣』を発動》
《黒栖恋詠が格闘スキル『キャットパンチ』を発動》
《姉崎優が投擲《とうてき》スキル『スパイラルシュート』を発動》

まず雪理が凍気をまとった斬撃を繰り出す――『疾風のエメラルド』の効果で剣速が上がり、さらに凍《い》てつく風が巻き起こる。

次に黒栖さんが猫の手のような形状の魔力で手を多い、パンチを繰り出す。さらに姉崎さんがボールを投げつけ、振動が岩壁を揺るがす。

「もう一息……っ！」

岩壁に攻撃を通すには、岩のような肌を持つガーゴイルのときと同じ方法が使える――右手に防御貫通《ジャベリン》、左手に衝撃《インパクト》のルーンだ。

（――開けっ！）

左手から放たれた衝撃は岩壁に衝突し、一気に螺旋《らせん》状の陥没が生じる。そして、轟音《ごうおん》と共に岩壁は崩れ去った。

《隠しエリアを発見しました　パーティメンバーが300ＥＸＰを獲得しました》
《姉崎優の恒常スキル『経験促進』によって獲得ＥＸＰが増加しました》

「こういった行為も経験として評価されるのね……」

「それに、経験がちょっと増えてます。姉崎さんのおかげですね」

「一緒にいるだけなんだけど、スキルが効いてると嬉しいよね」

おそらく姉崎さんの『経験促進』はレベル１だが、スキルレベルを上げるとさらに多くボーナスが得られる可能性がある。

ＥＸＰ自体はレベルを上げるために使うものじゃないが、おそらくレベルを上げるための経験を積む上でも、姉崎さんがいた方が成長は早くなるだろう。

「……待って、みんな。何か聞こえて……」

雪理がそう言った瞬間、壁を壊した先から声が聞こえてくる――間違いない、人の声だ。

「――グォォォオオオッ……‼」

しかし次に聞こえてきたのは、地を揺るがすような咆哮《ほうこう》。この洞窟《どうくつ》で今まで遭遇《そうぐう》したことのない、魔物の吠え声だった。

11　水棲獣

「玲人、早く発見しないと水澄さんが……」

「ああ、分かってる。こんなところにいる魔物だ、全く光がない中でも襲ってくるだろう……俺だけで侵入した方がいい。雪理たちはここにいてくれ」

「レ、レイ君、一人で大丈夫……？　めちゃくちゃ強いのは分かってるけど……」

姉崎さんは一緒に行動するのが初めてなので、俺の一挙手一投足《いっきょしゅいっとうそく》に動揺《どうよう》している。彼女には少しずつ慣れてもらうしかない。

「まあ見ててくれ……まずいな、岩壁を壊したから魔物が集まってきてる。雪理、黒栖さん、対応できるかな」

「は、はいっ、あの魔物ならなんとか……」

「ここは任せて先に行って……なんて、本当に言う時がくるなんてね。行くわよ、黒栖さん！」

雪理は剣を構えて走っていく。黒栖さんも遅れて走っていくが、『プラントガルム』との戦いはもう経験しているし、強化魔法が効いていれば問題ないだろう。

（さて……この中だが、俺の見立てだと……）

「レイ君、あーしもせつりん達と一緒に戦うんだけど、この穴の中ってなんか変じゃない？空気が湿ってるっていうか……」

「その通り、この向こうは地底湖だ。だが、通り抜けることはできる……！」

「ちょっ、レイ君っ……！」

岩壁を破壊した向こう側には、地底湖が広がっていた――真っ暗な水面を見ていると不気味ではあるが、俺は迷わず湖面に飛び出していく。

《神崎玲人が攻撃魔法スキル『フリージングデルタ』を発動》

《神崎玲人が特殊魔法スキル『フェザールーン』を発動》

「み、水の上を走ってる……レイ君、すごすぎっ……！」

（そんなふうに見えるか……これが駄目なら水中呼吸のルーンを使うところだったが……）

俺の呪紋《ルーン》は足の下にも展開できる。湖面の水を凍結させ、着地の衝撃を減殺《げんさつ》して足場として飛ぶ――一度飛ぶごとのＯＰ《オーラ》消費は30程度だが、『魔力効率化』によって一割ほど消費量が減っている。

（千回は水上で飛び続けられるが、おそらく水澄さんは陸地にいる……と思いたい……！）

悲鳴が聞こえた方向からはさらに魔物の咆哮が聞こえてくる。だが、水澄さんの声が再び聞こえてはこない――最悪の想像が頭を過《よぎ》るが、自分に活《かつ》を入れて吹き飛ばす。

マップの残り5％といってもやたらと広く感じる。周辺に展開した『ライティングルーン』の光球が、洞窟の天井から湖面に向けて垂れ下がった巨大な鍾乳石《しょうにゅうせき》を照らし出す――この場所でしか取れない鉱物が含まれていそうだが、今は救助が最優先だ。

「――グォォォォッ‼」

（見えた……っ、やはり、陸地というには小さいが、足場がある……！）

《水棲獣《すいせいじゅう》のデーモン1体と遭遇　神崎玲人様が交戦開始》

ヒレが腕のように変化した、巨大なアザラシとでもいえばいいのか――『アストラルボーダー』の中ではもっとデカい奴がいたので、これは幼体ということになるが、それでもオークロードほどの大きさになる。

奴は足場の奥にある壁――いや、穴に向けて体当たりをしていたようだった。そして首のあたりから無数に生えたタコ足のようなものが、穴の奥から何かを引きずり出す。

《水棲獣のデーモンが『悪夢の束縛《そくばく》』を発動中　水澄苗が拘束《こうそく》状態》

「う……うぅ……」

「――水澄さんっ！」

振り向いたデーモンは、捕らえた水澄さんを自分の盾にするように前に出す。そして、海獣に似た姿からは想像もできないほど歪んだ笑みを浮かべた。

俺が何もできないと思っているのだろう。こんな隔離された場所に棲息《せいそく》していても、悪魔《デーモン》は悪魔《デーモン》だ――奴らはいつだって、人間を嘲笑《あざわら》う。

（奴を一撃で吹き飛ばすような魔法は撃てない……この位置からでは、悪魔《デーモン》だけを吹き飛ばすのは無理だ……だが……！）

「……ガッ、ガッ……ガァアッ……」

「助け……っ、おかあさ……」

水棲獣のデーモンが笑っているような声を上げたあと、牙だらけの口を開け、水澄さんを喰らおうとする。

――その大口を開けたのが、命取りだとも知らずに。

《神崎玲人が特殊魔法『グラビティサークル』を発動　即時遠隔発動》

《神崎玲人が強化魔法『エンチャントルーン』を発動　付与魔法『セイクリッドドレター』即時遠隔発動》

「――グォオォオッツ……‼」

デーモンの足元に生じた陣――『グラビティサークル』。それはデーモンの動きを止めるものではなく、直上にある鍾乳石を折るためのものだった。

半ばから折れた鍾乳石は倍加した重力で高速落下し、デーモンの開いた口に突き刺さる。そして鍾乳石の表面に浮かび上がった文字——神聖属性の力が、デーモンの身体《からだ》を内側から破壊する。

「グガァァァッ……オォォッ……!!」

（一撃では仕留めきれないか……！）

「——きゃぁぁぁっ……!!」

苦痛に暴れ回ったデーモンが、捕らえたままの水澄さんを岩壁にぶつけようとする——即座に『スクリーンスクエア』を使い、水澄さんが受けたダメージを俺が代わりに受ける。

「っ……あ……」

「っ痛《て》え……だが、こんなものだな」

水澄さんは無事だ——そして、タコ足の束縛からも解放された。デーモンは自身の口に入った鍾乳石を嚙《か》み砕き、それでもなお腕を振り回して暴れ続ける。

「水澄先輩、待っててくれ！　すぐに終わらせる！」

「ガァァァァッ!!」

甘く見ていた人間にしてやられ、デーモンが我を失ったように、ヒレの変化した両腕を振りかざして襲いかかってくる。

奴は自分が何を手放したのかを分かっていない——だが、もはや加減する理由はなかった。

「――吹き飛べ」

《神崎玲人が固有スキル『呪紋創生《ルーンクリエイト》』を発動　要素魔法の選定開始》
《攻撃魔法スキル　レベル10　『セイクリッドレター』》
《強化魔法スキル　レベル５　『トライデントルーン』》
《攻撃魔法スキル　レベル８　『ヴォルテクスルーン』》

武器に、水に棲《す》む魔物に対する弱点特効を付与する『トライデントルーン』、そして水中で渦《うず》を起こして攻撃する『ヴォルテクスルーン』、さらに『セイクリッドレター』を組み合わせ、強化した竜骨のロッドを槍投げの要領で投げつける――すると。

「――グオォォォッ……オォ……!!」

ロッドを受け止めようとしたデーモンの腕が、一瞬で浄化されて骨だけになる。浄化はそれだけにとどまらず、渦巻くような力となって、デーモンの巨体を全て骨だけにした。

貫通した竜骨のロッドが、デーモンのはるか後方に垂れ下がっていた鍾乳石を砕く。おそらく壁か何かに突き立ったのだろうが、今のところ貴重な武器なので後で回収しなくてはいけない。

（倒すための選択肢《せんたくし》が多いと、やりすぎには注意だな……だが、加減しすぎて仕留めきれないよりはいいいか）

《水棲獣のデーモン　暫定ランクＣ　討伐者：神崎玲人》
《暫定ランクＣのユニークモンスター討伐実績を取得しました》
《神崎玲人様が１０００ＥＸＰを取得、報酬《ほうしゅう》が算定されました》

イズミの報告を聞きながら、俺は倒れている水澄さんに近づこうとして——彼女に視線を向けるのが不用意だったと気づき、目をそらした。

《水澄苗の装備品損傷度：70％　速やかに特異領域を出ることが推奨《すいしょう》されます》

『ヒールルーン』などで回復はできても、装備の破損には対処できない。俺は水澄さんを見ないようにして治療したあと、ブレイサーのリンク通話で雪理に連絡する。

『雪理、状況を教えてくれ』

『ええ、ちょうど魔物の掃討《そうとう》を終えたところ。水澄さんは見つけられた？』

『ああ、なんとか無事だ。結構デカい魔物もいたが、こっちで対処した。救助のために誰か一人来てもらいたいんだけど、いいかな』

『分かったわ、すぐに向かうわね。姉崎さんが、岩壁の向こうは水が広がってるって言ってたけど……』

『水の上を通って移動する方法がある。それは俺に任せてくれ』

連絡を終え、俺は改めてデーモンの骨を見る——素材として使えそうだが、悪魔の骨素材の武具というのもどうなのだろう。性能が優先ではあるのだが。

「……ん？」

デーモンが残したものは、骨だけではなかった。身体のどこに蓄《たくわ》えていたのか、光る石のようなものが落ちている——俺は巨大な骨の隙間《すきま》をくぐって、それらのドロップ品を回収することにした。

12　埋蔵品

俺が行きと同じように地底湖の湖面を渡って出てくると、黒栖さんと雪理、姉崎さんの三人が出迎えてくれた。

「玲人さん……っ」

「三人とも、無事で良かった。怪我《けが》はないみたいだな」

「ええ、魔物は問題なく倒せたわ。幸い、集まってきた数も多くはなかったから」

「せつりん……じゃなくて、雪理さんがあっという間に三匹やっつけちゃって、あとの二匹はあーしとこよこよでなんとかしたの。こよこよの猫の手、可愛《かわい》いのに威力すごいよね」

「姉崎さんのボールも凄《すご》かったです、バウンドするともっと速くなって」

三人の戦いを見たかったが、また近いうちに機会はあるだろう。ひとまず今は、魔物の気配は周囲から消えたとはいえ、水澄さんのところに戻らなければいけない。

「それで玲人、水澄さんの救助を手伝うっていうのは……」

「ああ、水澄さんの装備が壊れてしまってるから、その対処をお願いしたいんだ」

「えっと……それじゃ、あーしが行った方がいい？　トレーナーだし、そういうの得意だし」

「え、ええ……そうね、姉崎さんにお願いするわ」

「は、はい。私達はここで待っていますね」

雪理も黒栖さんも快く《こころよ》――とまでは行かず、思うところがある様子でこちらを見ている。

「……レイ君、全員で行けるならそっちの方がいいんじゃない？」

「ん？　湖を全部凍らせて全員で渡るって手もあるけど、そっちの方がいいかな」

「い、いえ、いくらあなたでもそれは時間がかかるでしょうし、玲人と同じ方法で移動するわ」

「あっ……それだとあーしが無理になっちゃうかも、レイ君みたいにぴょんぴょん飛べないし」

「ぴょんぴょん……あっ、すみません、ちょっと可愛いなとか、そんなことは考えてませんっ」

「ははは……まあ、湖に水面が触れる前に水を凍らせて、それを足場にして沈む前に飛んでるんだけど」

説明しても、三人とも頭の上に疑問符が浮かんでいる――他の方法として『ステアーズサークル』で階段を作って移動するという手もあるが、あれも足場が透明なので、慣れていないと怖さがあるだろう。

「じゃあ……一刻を争うということで、俺に乗ってもらおうかな」

「ええ、玲人に……」

「乗る……ですか？」

「あーしはレイ君の言うとおりにするよ、追いてかれるのやだし。どうやって乗るの？」

「そうだな……」

三人を同時に運ぶ——普通ならかなり難しいというか無理だが、俺なら特に難しくはないだろう。

しかし難しくないというのと、実際に実行に移すこととは別問題だと、やってみて痛感することになった。

◆◇◆

まず『フィジカルルーン』の呪紋《ルーン》で自分の腕力を強化したあと、右腕で雪理を、左腕で黒栖さんを抱え、姉崎さんを背負う。

——と言葉で言うのは簡単だが、実際にやってみると別の意味で大変だった。

「きゃぁっ……！」

「ひゃぅぅっ……！」

「ふぁあっ……！」

最後の足場を飛んで、『フェザールーン』で着地する。地底湖の中にある足場の上には、水澄さんが倒れている──『セイクリッドサークル』という敵の侵入を退ける呪紋《ルーン》を施《ほどこ》しているので、彼女の周囲は光で覆《おお》われていた。

「よし、三人とも……着いたぞ？」

「っ……え、ええ。分かっているわ」

「す、すみませんっ、無我夢中で……」

「はぁー、びっくりした……この大きい骨、さっき聞こえてきた魔物？　レイ君、本当に一人でやっつけちゃったんだ……」

雪理も含めて、三人ともそれぞれの反応を見せつつ地面に降りる。俺もできるだけ平然とするよう努めているが、気恥ずかしさは否《いな》めない。

悪魔の素材は倒した本人、そしてパーティの仲間に認識できるので、姉崎さんたちにも水棲獣の骨は見えていた。

「姉崎さん、あの……お、お身体《からだ》は大丈夫でしたか……？」

「う、うん、こういう場合は仕方ないし、レイ君も揺れないようにしてくれてたし」

「次から同じようなことがあったら、私が姉崎さんの位置と代わるわね。その……やっぱり、そういうのはバディの方がいいでしょうし」

気づかないように努めなければならないが、姉崎さんは胸を両腕で抱えるようにしている。

背負った時に当たってしまっていたので、負担をかけていないといいが――いや、回復魔法なんて使ったらそれこそ怒られそうだが。

「水澄さん、服が……じゃあ、あーしのジャージかけてあげるね」

「ありがとう、姉崎さん。回復魔法はかけてあるから、後は学園の医務室に運ぶだけだな」

「……ん……」

「あ……水澄先輩、大丈夫ですか？　あーしは一年の姉崎って言います」

姉崎さんが声をかけると、水澄さんは周りにいる俺たちを見て、初めは不安そうに――そして、同じ学生だと分かったからか、安堵《あんど》したように微笑《ほほえ》む。

「……あなたたちが、助けてくれたのね……ありがとう」

「あーしは何もしてないです、全部そこのレイ君……神崎君がやってくれました」

「同じ班の二人の先輩方は、無事に脱出しています。水澄さん、一体何があったんですか？」

「魔物が落としたもの……『トレジャー』が出てきて……調べようとしたら、ここに飛ばされていたの……真っ暗で、魔物の唸《うな》り声が聞こえて……っ」

「もう大丈夫です、あーし達がついてますから」

《姉崎優が医療スキル『応急手当て』を発動》

「……大丈夫、落ち着いて。何も怖いことなんてないから」

恐怖を思い出したのか、取り乱しそうになった水澄さんが落ち着きを取り戻す。『応急手当て』はＨＰを少量回復する効果も持つが、合わせて軽度の状態異状を治療する効果もある。

――ごめんなさい、私が回復魔法を覚えてないから……。

――気にしなくていい、そのうち使えるようになるから。

イオリの職業『猟兵《イエーガー》』でも『応急手当て』は初期に習得できるスキルだった。ミアが回復魔法を習得するまでは、彼女が治療役を務めていた――俺もイオリに治療してもらったことがある。

水澄さんは安心したように目を閉じる。体力の消耗《しょうもう》や『恐慌』の状態異状はすでに『ヒールルーン』『リラクルーン』で回復させているが、精神面の消耗がまだ大きいようだ。

「……これでいいのかな？　あーし、手当てできるっていっても大したことできなくて」

「そんなことはないわ、水澄さんも安心してくれているわよ」

「はい、姉崎さんは凄いです」

「えっ、ちょっ……やだなー、そんな褒められちゃうとあーし調子乗っちゃうよ」

「三人とも、ちょっと戦闘で使ったロッドを回収してくるから、周囲を調べてもらえるかな」

「ええ……ロッド？　そんなものがどこに……」

「っ……向こうの天井に刺さっている、あれですか？　玲人さん、あんなところまで……」

「槍投げでもオリンピック出られちゃうよね……レイ君、私と一緒に世界目指さない？」

「スキルありのオリンピックなら興味はあるかな……なんてな」

◆◇◆

『ステアーズサークル』を使い、洞窟《どうくつ》の天井に刺さっているロッドを回収して戻ってくる。

「あの小さな穴……何か大きなものが衝突して崩れてしまってましたけど、奥に何かが見えます。私、この姿になると夜目が利《き》くので、暗いところも見えるんです」

「そうか、そういうことか……」

「玲人、何か心あたりがあるの？」

『アストラルボーダー』においても『隠しエリア』と呼ばれる場所はあり、そこにはだいたい『埋蔵品』が配置されていた。

洞窟の壁際、水澄さんが逃げ込んでいた穴の周囲は、黒栖さんが言った通り『水棲獣のデーモン』の衝突を受けて崩れている。しかし瓦礫《がれき》の隙間――その向こうから、空気が流れてきているようだ。

「さっきと同じ要領で、壁を壊してみるか……それとも、後回しにするか」

「『特異領域《ゾーン》』の内部は時間が経つと大きく変化することがあるから、この場所に入れなくなる可能性もあるわ」

「なるほど……分かった、脱出する前に確認しよう。みんな、下がっててくれ」

壁の魔法耐性を下げ、防御力を下げる――そして、皆の武器を『ウェポンルーン』で強化する。

「よし、さっきと同じ要領でいくぞ……！」

「「はい！」」

「はーい！」

《折倉雪理が剣術スキル『雪花剣』を発動》
《黒栖恋詠が格闘スキル『キャットパンチ』を発動》
《姉崎優が投擲《とうてき》スキル『スパイラルシュート』を発動》

三人が崩れた穴に向かって技を繰り出す――その直後に『ジャベリンスクエア』を発動させながら『インパクトルーン』を壁に撃ち込む。

俺が手をかざした先の瓦礫が吹き飛ぶ――壁全体に振動が伝わり、天井からパラパラと砂が落ちてくる。跳ね返った瓦礫で怪我《けが》をしないように、仲間たちは『シェルルーン』で保護していた。

「やったぁ、レイ君ちょー……」

『超』の続きはなんと言おうとしたのか、壁の向こうに現れたものを見て、姉崎さんは固まってしまう。

「……い、いいの？　こんなの見つけちゃって……ええ……？」

姉崎さんがそう言うのも無理はない。隠しエリアの『埋蔵品』は『埋蔵金』と呼ばれることもある――おそらく換金率の高い色とりどりの宝石が、その空間を埋め尽くしていた。

「鉱脈を掘り当てたか……いや、鉱脈なのかな、これは」

「そんなに落ち着いて……一年生がする発見ではないけど、あなたなら当然という気もするわね」

「これって、全部何かの材料になったりするんでしょうか……？」

換金にしか使えない宝石や鉱石もあるので、そういったものも多いのだろうが――すでに身に余る資産を持っているのに、さらに資金が潤沢になってもいいのだろうか。

ひとまず俺は『特異領域《ゾーン》』で見つけたものや魔物を倒した時の収穫を、どう持ち帰るかの手段をそろそろ真剣に検討《けんとう》しなければならないと考えていた。水棲獣のデーモンの骨という、超大型の素材も含めて。

13　仲間

発見したものをいかに持ち帰るか、それも問題だが、一つ重要なことを思い出した。

「みんな、水澄さんは転移したとき、罠《わな》のかかっていた『トレジャー』と一緒に飛んでるはずなんだけど……罠が再発動することはそうはないと思うけど、一応確認してもらっていいかな」

「あ、さっき介抱したときに見つけたよ。コネクターが教えてくれたけど『ボックス』っていうやつみたい」

姉崎さんが見せてくれたものは、手のひらに載るサイズの小さな箱だった。

《『ブロンズボックス』　水澄苗によって鑑定済み　罠解除済み　Dランクトレジャー》

「Dランク……通常『洞窟』で出現する魔物のランクはFだから、このランクのドロップ品はそうそう出ないよな」

「特異領域《ソーン》での取得物は、低確率で高いランクのものが出ることもあるみたいだから……でも、玲人が討伐したデーモンのことを考えると、この特異領域《ソーン》自体に異変があったと見るべきでしょうね」

『――特異領域《ソーン》内の環境には、特に異状は検知できていませんでした。ナビゲーターの責務を果たすことができず、申し訳ありません』

幾島さんの声が聞こえてくる――みんな、どういった言葉を返していいのかと迷っているが。

「幾島さんがいてくれたから、マップの埋まってない場所を特定できたんだ。すごく助けられたよ」

「そうそう、あーしなんて内心どうしようどうしようってパニクっちゃってたし」

「姉崎さんも戦闘に参加してくれて、とても助かったわ。ナビゲーター、トレーナーと優秀な人が入ってくれて良かった」

「は、はいっ……私もそう思います。幾島さんの声を聞くと落ち着きますし、姉崎さんはお姉さんみたいで頼りになります」

「あはは、あーしも同い年なんだけど。まあお姉ちゃんっぽいとは言われるよね、名前もそんなだし」

『……駄目です、もっと厳しくしていただかなくては。ですが、何より……皆が無事で、本当に良かった』

　幾島さんの声が少し震えている。冷静で、感情をあまり表に出さない――そんな印象を持っていたが、この状況で動じないわけもない。

「幾島さん、その、色々と発見したものがあるんだけど……見つかったものが多い時って、持ち帰る時はどうすればいいかな」

『学園の回収課がありますので、そちらに頼むことが可能です。コネクターには魔物からのドロップ品の取得者が記録されているので、安心して任せていただけます。ですが、小さなものや重要なものは必要に応じて手持ちで運んでいただく方が良いと思います』

　デーモンの骨については運んでもらう人に視認できるようにしなければならないが、それは他者に悪魔の存在を感知させる『パーセプトルーン』という呪紋を使っておくことで対処できるだろう。

　これで発見したものについても持ち帰る算段は整った。ひとまず特異領域《ゾーン》を出て、水澄先輩を医務室に運ぶことにしよう。

◆◇◆

風峰学園には『医務科』があり、学園すべての生徒を共通して治療するシステムができている。医務科に属する先生の一人が高階《たかしな》先生で、今回も討伐科の医務室で水澄先輩の治療に対応してくれた。

水澄先輩はカーテン向こうのベッドで眠っていて、俺と雪理で容態を説明してもらう。

「装備の損傷が激しいけど、バイタルは何も問題ないから、じきに目が覚めるでしょう」

「良かった……玲人が回復のスキルを使って、適切に対処してくれたおかげね」

「悔《くや》しいけど、本職の私もかなわないわね。神崎君、どんなスキルを使ったの？」

「『呪紋師《ルーンマギウス》』の回復スキルです。ヒールルーンってやつなんですが」

「えっ……それって、基礎的なスキルじゃないのかしら。それで完全に回復するなんて、防具が衝撃を吸収してくれてたっていうこと……？」

「そ、そうだと思います。水澄先輩とは明日にでも改めて話させてもらえますか」

「ええ、伝えておくわね」

先生に後のことを頼み、医務室を出て一息つく。

「あなたの『基礎』は、他の人とは違っている……基礎を磨《みが》き抜いたら、私の『雪花剣』も強くなると思う？」

「ああ、強くなるよ。『剣マスタリー』っていうスキルがあって、俺と手合わせしたときに身についてると思うんだけど……」

「っ……そういえば、気を失う前に、コネクターがそんなことを言ってたわね。リサ、私は『剣マスタリー』を習得しているの？」

『はい、習得しております。『剣マスタリー』レベル１を『神崎玲人』様から伝授されております』

　隣接しているからか、バディだからなのか、雪理のコネクターのＡＩ――「リサ」という名前らしい――の声が聞こえてくる。

「そ、そんなこと……私、ずっと気づかないまま、剣がいつもより手に馴染《なじ》むとか、そんなふうにばかり思っていて……」

「ご、ごめん、説明が遅くなって。雪理の使う剣術は、『剣マスタリー』を上げるとさらに強くなるはずなんだ。俺は『ロッドマスタリー』を覚えてて、近接武器のマスタリーは特定の職業の人には伝授することができるんだ」

　そういったやり方でスキルを取得すると、スキルポイントを割り振らなくて良いので育成《ビルド》の効率がよくなる――というのは『アストラルボーダー』の話だが、この現実《リアル》でどうなっているのかは、ステータスが参照できないので分からない。

　そして『伝授』は特定のスキルでしか発生しないので、魔法を他人に教えることはできない。

職業固有の能力があり、万能にはなれないわけだ――俺も今はステータスにものを言わせているが、アズラースのような強敵と戦うには、近いレベルの仲間が不可欠になる。

「これからも、定期的に手合わせしてスキルを磨いていけたらいいな」

「あ、あの……それは、私も教えてもらえたりするんでしょうか?」

「黒栖さん、待っていてくれたの? 他の皆も……」

黒栖さんと姉崎さんに唐沢と坂下さん、そして訓練中だったはずの伊那班の三人まで来てくれている。資料室からわざわざ出向いてくれたのか、幾島さんの姿もあった。

「俺で良ければ教えられるよ。『武器マスタリー』は、色んな職業の人が覚えられるはずだから」

「っ……良かった……」

黒栖さんはとても安心している様子だ――彼女が使うリボンの威力も上げられたらそれに越したことはないし、雪理も一緒に三人で訓練できると良い。

「どうやら、これは自覚なしといったところか」

「それが彼の美点でもあるんだろうな。だが、いつか後ろから刺されてしまいそうな危うさもある」

唐沢と木瀬《きせ》君はなんのことを言っているのか――木瀬君は本気で心配してくれているようだが。

「うちのリーダーも苦労しそう。さっきから何してるんですか、そんなところに隠れて」

「っ……か、隠れてなんていません、奏《かなで》、人聞きの悪いことを言わないでくださいませ」

物陰に隠れていても金色のツインテールがばっちり見えていたが、伊那さんが肩をいからせながらこちらにやってくる。

「その……私も三節棍《さんせつこん》使いとして、強くなれるためにできることは全てしておきたいので。あなたがどうしてもと言うなら、訓練に参加してあげても……」

「あちゃー……すみません、リーダーはああいう性格なんです」

「それではなんのフォローにもなっていないが……」

社《やしろ》さんと木瀬君が頭を抱えている――黒栖さんはあたふたしており、雪理は俺の顔を見てくる――「どうするの？」ということだろう。

言うなれば伊那さんは『ツンデレ』というやつなのだろう。顔を真っ赤にしつつ、彼女はちらちらとこちらを見ている。

「もちろん参加してもいいけど……そのためには何か一言足りないかな？」

「っ……」

雪理はあえて何も言わずにいるが、表情を隠すように向こうを向いている――珍しいが、微笑《ほほえ》んでしまっていたりするのだろうか。

「神崎もなかなかいい性格をしている……伊那さんでは完全に掌《てのひら》の上だな」

「伊那さーん、お願いしますって、ちゃんと言った方がいいですよー」

「あ、あなたたちはっ……リーダーか、名前で呼ぶのか、気分で変えないでくださいませっ」

「神崎様、あまり虐《いじ》めないでさしあげた方が……彼女はもう涙目になっていますし」

「い、いや、泣かせるほどのことは言ってないと思うんだけど……」

「分かりましたわ、私が礼儀を逸していました。その……どうかお時間を頂いて、私にも稽古《けいこ》をつけてください、神崎さん」

「ああ、分かった。じゃあ連絡先は教えてもらってるし、訓練する時は集合をかけるよ」

伊那さんが目を見開く――そして、顔を赤らめながら微笑む。確かに坂下さんの言った通り、その目の端には涙が滲《にじ》んでいた。

「ありがとうございます。本当は今日も、特異領域《ゾーン》にご一緒しようかという話になったのですが、私が社と木瀬の意見を却下《きやっか》してしまって……良くないリーダーですわ、独断専行で」

「え、二人ともそんなこと思ってない感じだけど？　ミユっち見ててめちゃ楽しそう」

「……社、あなたも参加した方がいいのではなくて？　近接武器使いなら神崎さんの手ほどきを受けられるそうですわよ」

「急に振らないでください、びっくりするじゃないですか。それに伊那さん、いいんですか？ただでさえ『三人目』なのに、私までお邪魔しちゃって」

「なっ……」

「三人目……まあ、人数が多くても教えられると思うよ。五人同時とかまでは大丈夫かな」

ステータスにものを言わせて、集団訓練で仲間を育成する。いつ起こるか分からない特異現出に対する備え、そして交流戦に向けての準備という意味でも、重要なことじゃないだろうか。

　ソウマたちと再会する、そのための方法を模索し続ける。大きく変わってしまったこの世界で、新しく出会った仲間たちと生き抜くことも考えなければならない。

「できれば姉崎さんも一緒に参加してくれると嬉しい」

「えっ……あーしも五人目に入れてくれるの？」

「トレーナーのあなたもいてくれたら、訓練が捗《はかど》るということよ。玲人、そういうことでしょう？」

「ああ、まあそういうことになるけど。効率厨《こうりつちゅう》っぽいのは良くないかな」

「んーん、全然いいよ。やっぱりせつりんはレイ君と通じ合ってるっていうか、ちょっと妬《や》けるよね」

「っ……そ、それくらいは話の流れで分かるわ、なんとなく。私は玲人のバディだから」

「わ、私もですっ……！」

　黒栖さんが何を思ったか、急に俺の腕を取る――二の腕に当たる弾力に、思わず息が止まりそうになった。

「……私も近接戦闘をするのですが、六人は定員オーバーでしょうか」

「あ、ああ、坂下さんも大丈夫だよ」

「良かった……ご配慮《はいりょ》いただきありがとうございます」

「では、我々はそういった訓練の時は別行動ということになるか？　射撃訓練でもしておこうか」

「悪くない。銃器に対応する武器スキルを持っている人物を見つけられたら、教えを請えると良いが」

唐沢と木瀬君の話が聞こえて、いつかの記憶が浮かび上がる。

――ミアは男子同士のそういう……なんでもない、忘れて。

――でも、見ているだけでも楽しいです。二人ともすごく楽しそうにしているので。

――私は銃使いだから、ソウマとレイトの稽古《けいこ》に参加できない。

あの時イオリが何故か恥ずかしそうにしていたことを覚えている。ミアにはその理由が分からなくて、不思議そうに笑っていた。

そして――今さらになって、俺は気づく。

既視感《きしかん》。イオリの姿が、他の誰かに重なりかける。

俺はイオリに会うことができていないのに、『この現実』で、イオリの面影《おもかげ》を感じさせる人物に会っている。

「玲人、これから少し時間はある？　ミーティングカフェで少し話せたらと思って」

「ああ、そうしようか。みんな時間は大丈夫か？」

「問題ありません。寮の門限までは時間がありますので」

真っ先に答えてくれたのは幾島さんだった。それも意外だったが――彼女は無表情のまま、俺の前までやってくると、じっと顔を見てくる。

「え、えっと……」

「……とても興味深い時間でした。あなたのスキルでマップが完成されていくとき、私のスキルがこんなふうに応用できるのだと、興奮……高揚《こうよう》を感じました」

「『セカンドサイト』は凄《すご》いスキルだよ。幾島さんがいなかったら、あの隠しエリアは見つけられなかった」

「そう……ですか。お役に立てたのなら、光栄です」

幾島さんは淡々と答えて、そして時間が止まったように動かずにいる――いや、ほんの少しだけ、顔が赤らんでいるように見える。

「……今後とも、よろしくお願いします」

「ああ、こちらこそよろしく」

「っ……」

差し出された右手を握り返す――力強くしてはいけないので、あくまでも控えめに。

友好の握手をしただけなのに、なぜか伊那さんが慌てている。彼女とも完全に和解できたということなら、握手するくらいはいいんじゃないだろうか――と思うが、俺から言うのも違う気がする。

「……今はまだ、私にその資格はありませんわ。ですが見ていてください、私も折倉さんのように、あなたと肩を並べられるように……」

「リーダー、何ぶつぶつ言ってるんですか？　前見て歩かないと転んじゃいますよ」

伊那さんは皆と一緒にカフェに向かい、付き添っている社さんがこちらを見て申し訳なさそうに笑う。

「風峰学園チームの結束力は、あなたを中心に強くなっているみたいね」

雪理はそう言って微笑む――どうやら、冗談を言ってくれたらしい。俺も笑うと、彼女は満足したような顔をして、黒栖さんと一緒に歩いていった。


通常は現れないはずの魔物。ランクの高いトレジャー、そして転移の罠《わな》。

遭遇《そうぐう》した事件の原因を探ることで、まだ俺の知らない事実が見えてくるはずだ。

それらの手がかりが、俺の求める場所に近づかせてくれると信じる。先を言った仲間たちが振り返り、俺を見て笑顔を見せる――彼らとなら、確実に先へと進んでいけると思った。

書き下ろしエピソード　訓練中の伊那班

風峰《かざみね》学園で訓練に使われている『特異領域《ゾーン》』のひとつ、『平野』。『洞窟《どうくつ》』で一度手痛い目に遭《あ》った私たちは、出現する魔物のランクが低い『平野』で自分たちを鍛え直そうと決めた。

ゾーンに入って間もなく、コネクターが敵の存在を伝えてくる。

《リトルインプ2体　ロックスライム1体と遭遇《そうぐう》》

空中を舞う小鬼のような魔物と、地上には緑色のスライム——種族は違っても、魔物たちは連携して襲ってくることがある。

「リーダー、指示を頼む」

「っ……は、はい。そうですわね、まだ敵は気づいていませんから、木瀬《きせ》に空中の敵を狙ってもらいます。二体同時、問題ありませんこと？」

「三体までなら同時に狙える。合図をくれ」

「奏《かなで》は私と一緒にスライムに攻撃できる位置まで移動してください、気付かれないように」

「了解しました。あのスライム、侮《あなど》れないですからね」

この『平野』は障害物が少ないけれど、背の高い草で身を隠すことができるので、私と奏は左右に分かれ、身を低くして敵に近づいていく――そして。

（――木瀬、お願いっ！）

「っ……！」


《木瀬忍《しのぶ》が射撃スキル『アキュレートショット』を発動》

「ピキィイッ！」

コネクターで木瀬に指示を送ると、的確な射撃で小鬼たちが弾き飛ばされる。

「行きます、美由岐《みゆき》さん！」

「――これで決めますわ……っ！」

《社《やしろ》奏が短剣術スキル『クロススラッシュ』を発動》
《伊那《いな》美由岐が棍棒術《こんぼうじゅつ》スキル『雷鳴打ち』を発動》

奏の斬撃がロックスライムに命中して、私の雷打撃で止《とど》めを刺せる――そう思った瞬間。

「えっ……!?」

ぷるん、とゼリーのようにロックスライムが震える。そして、私の放った『雷鳴打ち』のエネルギーをまるで吸収してしまったかのように、バチバチと帯電しながら一回り大きくなる。

「――二人とも、下がれっ！」

木瀬の声が聞こえて、考える前に反応して飛び退く――ロックスライムは私に向けてどろりとした液体を吐きかけて、奏に対しては針のように変化した体組織で反撃してきた。

◆◇◆

「……ロックスライムの弱点は、無属性魔法。私としたことが、また致命的なミスを……申し訳ありませんわ、奏」

「あはは……ほんと……あのスライム……三重苦くらいあるんじゃないですか、無害っぽいのに……」

木瀬の射撃で牽制《けんせい》してもらっている間に、私と奏は魔物たちの索敵《さくてき》範囲から逃れる場所まで撤退できていた――けれど。

かろうじて避けたつもりのロックスライムの攻撃で、私の防具はまた壊されてしまって――奏のほうはスライムの攻撃がかすって、麻痺毒《まひどく》で痺《しび》れてしまっていた。

「奏、ひとまず毒抜きをした方がいいですわね……どこに当たりましたの？」

「えっと、ここですね……足のところ……い、いいですよ、美由岐さん、医務室まで行って解毒してもらえば……」

「私の指示ミスが原因ですから……本当は吸ったりしない方が良いようですが、魔物の毒に対しては効果はあるようですし」

「で、でも、そこ……っ、あ、も、もう……動けないんで、どうとでもしてください……」

奏の訓練服の太腿《ふともも》のところが裂けて、少し血が滲《にじ》んでいる。傷に口をつけて毒を吸い出したあとは、傷痕が残りにくくなるように治療用のクリームを塗る。

「すみません、本当に……美由岐さんにそこまでさせて……」

「何を言ってるんですの、チームなのですからお互いさまですわ」

『……二人とも、大丈夫か?』

「木瀬、申し訳ありませんけれど、先に出ていてくださいませ。私のほうは、装備がかなり壊れてしまっているので……また新調しないと駄目ですわね」

『ああ、分かった。俺は医務室に連絡しておこう』

木瀬が少し離れた場所からコネクターを介して話しかけてきているのは、私の装備が壊れていることに配慮《はいりょ》してくれたからだった。

「……こんな状況じゃ、一年生のナンバー2とはなかなか言えないですよね」

「ええ……本当に、不甲斐《ふがい》ないけれど。スライムにやられるくらいまで落ちたら、これ以上落ちることなんてないのですから。私は、折れていませんわよ」

どの口で言うのか、と怒られても仕方がない。ロックスライムは時間がかかっても、無属性の攻撃を続けていれば倒せる――討伐科《とうばつか》の生徒なら、訓練を経て必ず知っていることなのに。

「……やっぱり、彼の指導を受けた方が良くないですか？　美由岐さん、まともに当たらなかったからいいですけど、溶解液なんて受けちゃいましたし」

「そ、それは……『彼』に甘えるようなことは、決してできませんし……まず、彼の横に並べるまでは、各々《おのおの》鍛錬を続けないと……」

「教えてもらった方が、成長は早いかもですよ。折倉《おりくら》さんもそうなんでしょうし」

「そんな言い方……何か、私のことを試していませんこと……？」

『彼』――神崎玲人《かんざきれいと》に、戦い方を直接教えてもらう。一度すでに彼の指示を受けて、その的確さと、何より彼が一緒にいるという安心感は、私に無視できない変化を与えてしまっていた。

「連絡先も交換したんですから、いいんじゃないですか？　しちゃっても」

「い、言い方が少し……っ、きゃっ……！」

目を合わせられずに後ろを向いていた私に、奏が抱きついてくる。そんなに大胆《だいたん》なことをするイメージはなかったので、思わず驚かされてしまった。

「私はいつでも美由岐さんの味方ですよ。一緒に頑張りましょう」

「……どういった意味での味方かは、聞かないでおきますけれど。まだ私をリーダーと認めてくれているなら、手段を選ばず成長させていただきますわ」

無様な失態を重ねるのは、今日までで終わりにする。もう立ち止まってはいられないから。

神崎玲人。絶対的な強さを持つあの人に、『仲間』として認められるまで。